閻魔の息子

樹生かなめ

white heart

講談社X文庫

目次

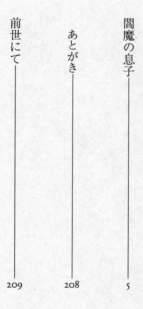

イラストレーション／奈良千春《ならちはる》

閻魔《えんま》の息子《むすこ》

1

男は女性に勝てない、と公言したハリウッドスターがいたけれども。

国宝とまで称《たた》えられた美形の葬式に参列した男子全員、卒業式で見せた女子たちの涙が演技だと知る。不倫を懺悔《ざんげ》する妻の号泣が嘘《うそ》だと気づいた夫も多かった。この世はこんなものだ。

……なんて呆気《あっけ》ない。

あいつはありとあらゆるものを持っていた。

頭もルックスも金も運も名声も人脈も。

けど、唯一、寿命を持っていなかった。

強運のあいつが死んで、運の悪い僕が生きているなんて不思議だ、と山崎晴斗《やまざきはると》は純白の薔薇《ばら》で埋め尽くされた葬儀で人生の皮肉を嚙《か》み締《し》める。

白鷺眞弘《しらさぎまひろ》は芸術の女神が精魂を込めて作り上げたような絶世の美青年だった。晴斗にとって眞弘は厄介な幼馴染《おさななじ》みであり、同じ教授に師事したライバル研究者だ。名のつけられない複雑な感情が込み上げてくる。

「……まさか、眞弘がこんなに呆気なく死ぬとは……」

晴斗が独り言のようにポツリと零《こぼ》すと、傍らにいた和田芳紀《わだよしのり》も同意するように相槌《あいづち》を打った。

「……あぁ、まさか、眞弘がこんな死に方をするなんて……」

眞弘は大型バイクで志摩《しま》の別荘に向かっていた途中、トラックの運転手の前方不注意による追突事故で亡くなった。トラックの運転手はスマートフォンを操作しながらハンドルを操っていたらしい。

昨今、運転中のスマートフォン使用による悲しい事故はあちこちで多発している。つい先日、高校時代の後輩が事故に遭い、今でも入院中だ。

「眞弘、ジェームス・ディーンになったな」

現実として受け入れられないのかもしれない。自分でもわけがわからないが、悲劇の事故死を遂げた永遠のヒーローが眞弘と重なった。ルックスといい雰囲気といい性格といい、神経質そうなハリウッド俳優と傲慢《ごうまん》な令息とはすべてにおいて違うのに。

「……晴斗、いくら眞弘と仲が悪かったとはいえ、それはない。ざまあみろ、なんて思わずにすべて水に流して送ってやれよ」

芳紀に呆《あき》れ顔《がお》で窘《たしな》められ、晴斗は首を大きく振った。

「ざまあみろ、なんて思っていない。ただ単純にジェームス・ディーンを思いだしたんだ。……これで眞弘も伝説になるな」

……誤解だ。

ざまあみろ、とは微塵《みじん》も思っていない。

死んでよかった、とも思っていない。

今まで眞弘には何度もさんざんな目に遭わされたが、死を望んだことは一度たりともなかった。

すべて眞弘より劣る自分が悪い。

僕がコンプレックスを持っているだけだ。

コンプレックスがなければ、眞弘にどんなに馬鹿《ばか》にされようが、犬扱いされようが、傷ついたりはしなかった、と晴斗は胸底に沈めていた過去を冷静に振り返った。今までの人生、幾度となく時を読み間違えたのは確かだ。

「伝説か」

「……ああ、伝説になった」

晴斗は並々ならぬ努力によって優秀な成績を修めたが、眞弘は派手に遊びながら首席を維持し、名門大学から大学院に難なく進んだ。晴斗は自他ともに認める運動音痴だが、眞弘の運動神経は抜群だった。晴斗は平々凡々な容姿だが、眞弘はフランス人の元モデルの母親から類《たぐ》い稀《まれ》な美貌《びぼう》を受け継ぎ、子供の頃から芸能プロダクションのスカウト合戦の対象だった。晴斗の父親は自己破産した中小企業の元社長だが、眞弘の父親は優良企業を経営する社長だ。

まさしく、眞弘は天からありとあらゆる恩恵を受けたプリンス。

ただ、プリンスも凡人も程度の差はあれ年を取る。

いずれお前も出腹オヤジ、と晴斗は飲み会の場で悔し紛れに眞弘に言い返したことがあった。いくら酒の場とはいえ、あまりにも馬鹿にされたから。

しかし、純白の薔薇を背負った貴公子は老醜を晒《さら》さずに逝《い》った。ジェームス・ディーンのように。

ジェームス・ディーンが長生きしていたらその名声はキープできなかった、と若死にマニアの准教授から聞いた記憶がある。曾我兄弟《そがきょうだい》や源九郎判官義経《みなもとのくろうほうがんよしつね》、森蘭丸《もりらんまる》も沖田総司《おきたそうじ》も白虎隊《びゃっこたい》も若くして逝ったから後世に美しく語り継がれたという。子供の頃から歴史が好きで、史学科に入学し、大学院の研究室に進んだ晴斗も賛同する。

「眞弘が学者としてあのまま研究を続けていれば凄《すご》かっただろうな」

眞弘は遊びながら研究室に残ったが、ある日、突然、大学院を辞めた。どんなに指導教授が引き留めても。

「……ああ、常勤講師や准教授、教授の最年少記録を塗り替えていたと思うぜ」

眞弘と同じ歳《とし》で同じ研究室にいたらどんなに努力しても駄目だ、と晴斗は学者としての道を断念した。ちょうどいい区切りの時に研究室を去ったばかりだが、尊敬していた指導教授は素っ気なかったものだ。

僕が辞めた三日後に眞弘も辞めたんだ、と晴斗は痛恨のミスを思いだした。早まったのだ。あと三日待てばよかった、と何度も悔やんだ。指導教授に泣きつき、戻ることも考えたができなかった。大きな後悔を抱いたまま今に至る。よくよく考えれば、今までの人生は後悔の連続だ。

「天は二物を与えず、って嘘だと思った」

「僕も」

「眞弘は二物どころかすべて持っていたけど、一番大切な命を持っていなかったんだな」

そうだな。

一番大切なのは命……。

今まで僕は後悔ばかりしてきた。

眞弘が持っていなかった命を持っていたのだから、これからは後悔しないように生きよう、と晴斗は幼馴染みの死で今後を考える。

「人生ってなんだろう」

「……修行？」

「……確かに、修行だな」

「苦行かも」

　晴斗がなんとも形容し難《がた》い思いに胸を痛めた時、喪服姿の美女が涙で濡《ぬ》れたハンカチを握り締め、大股《おおまた》で近づいてきた。眞弘の何人いるのかわからない恋人のひとりだった香里《かり》奈《な》だ。

「……は、晴斗……どうしてあんたみたいな男が生きていて、眞弘くんが死ななきゃならないのよ。今すぐ、眞弘くんの代わりに死んでっ」

　バンッ。

　香里奈に胸を思い切り叩《たた》かれ、晴斗は転倒しそうになったが、すんでのところで踏《ふ》み留《とど》まった。

「僕が死んでも眞弘は生き返らない」

「眞弘くんが死んで喜んでいるんでしょう。人でなしっ」

　グイッ、と香里奈にネクタイを摑《つか》まれ、晴斗は顰《しか》めっ面《つら》で身を引いた。縋《すが》るように芳紀のそばに立つ。

「人の死を喜ぶ馬鹿がいるかっ」

　晴斗はきつい声音で反論したが、香里奈の顔はますます醜くなった。

「晴斗は眞弘くんを恨んでいるはずよ。眞弘くんがいるからあんたは万年二位だった。いつでもどこでも万年二位」

香里奈に指摘された通り、晴斗はどんなに血の滲《にじ》むような努力をしても眞弘を超えることはできなかった。晴斗の唯一の特技は勉強だったのに、遊び回っている眞弘に敵《かな》わなかったのだ。

「眞弘が優秀だった。それだけだ」

「初恋の相手は眞弘くんが好きだったわね。初めての彼女は眞弘くんに取られたわね。ふたりめの彼女……つまり、私も眞弘くんに取られたもの。眞弘くんを恨んでいるんでしょう。正直に言いなさいよ」

晴斗が初めて強く意識した清純な同級生は、眞弘に弄《もてあそ》ばれて捨てられた。初めて交際した清楚《せいそ》な女子学生は、キスもできないうちに、気づいたら眞弘のセックスフレンドのひとりになっていた。ふたりめの恋人である目の前の香里奈も、何もしない間に眞弘の恋人になっていた。……いや、正確に言えば、恋人ではない。眞弘にとって香里奈は遊び相手のひとりだっただろう。

なんにせよ、少年時代より、晴斗の恋はいつも眞弘という男で無残な結末を迎えた。晴斗が周囲から同情されると同時に揶揄《からか》われた所以《ゆえん》だ。名家の子女揃《ぞろ》いの名門校でなければ、いじめのターゲットになっていたかもしれない。

「眞弘に心変わりした女に未練はない」

キャンパス内で見かけた香里奈は楚々《そそ》とした女子学生だった。告白された時は嬉《うれ》しかったものだ。

けれども、七日後には香里奈に一方的な別れを告げられた。ほかでもない、眞弘に夢中になって。

「なんですって？　私を眞弘くんに取られて落ち込んだんでしょう？」

僕とつき合う前はこんな性格じゃなかった、僕とつき合っている時もこんな性格じゃなかった、眞弘だ、と晴斗は香里奈が豹変《ひょうへん》した時期と理由を改めて振り返る。今の香里奈には嫌悪感しか抱かない。

「君は女癖の悪い眞弘に引っかかった。そういう女だった。そういう女だと教えてもらって感謝した」

「人でなしっ」

バシッ、と凄絶《せいぜつ》な平手打ちを食らった。

いつしか、香里奈の周りに泣き濡れた美女たちが集っている。それぞれ、晴斗を烈々たる目で睨《にら》み据《す》えた。

「最低な男」

幼稚園の頃から眞弘を追いかけた美女が罵《ののし》ると、ミス・キャンパスが般若《はんにゃ》のような顔で続けた。

「万年二位、あなたが眞弘くんの代わりに死ぬべきだったのよ」

「眞弘くんの犬、どうしてご主人様が死んだのに生きているの」

全員、競うように涙声で罵った後、香里奈を始めとする美女たちは去って行く。晴斗は名のつけられない複雑な思いに苛《さいな》まれた。

「……あれ、なんだよ」

……理不尽だ。

ひどすぎる。

昔から眞弘に関わるとこういった理不尽な目に遭う。

最後までこれかよ、と晴斗はがっくりと肩を落とした。眞弘には目に見えない何かが働いていたのかもしれない。

「晴斗、馬鹿か。この場で香里奈相手にあんなことを言っちゃ駄目だろ」

芳紀に呆れ顔で注意され、晴斗は渋面で言い返した。

「この場で香里奈があういうことを僕に言うほうがおかしいと思わないか?」

やつあたり、という言葉が晴斗の脳裏を過《よぎ》った。

思い返せば、眞弘に相手にされなくなった美女から、お約束のように罵倒《ばとう》された記憶がある。

どうして、僕にそんなことを言うのか。

どうして、僕にあたるのか。

僕に言わずに眞弘本人に言ってくれ、と晴斗は幾度となく言い返したものだ。火に油を注ぐような結果になり、晴斗の悪評がさらに広まっただけだった。

「そうだ。彼女たちがおかしい」

芳紀は悲痛な面持ちで賛同するようにコクリと頷《うなず》いた。彼は生真面目《きまじめ》すぎるくらい純粋で、晴斗の唯一の理解者と言っても過言ではない友人だ。眞弘関係の不条理なあれこれも、芳紀が隣にいたから乗り越えられた。

「そうだろ」

「……ただ、香里奈もほかの女子たちも眞弘が亡くなって錯乱している。眞弘のご両親も見ていられないな」

錯乱しているから大目に見てやろう、と芳紀の目は如実に語っている。名家の子息は根本的に優しい。

「……あぁ」

多くの女性たちが悲嘆に暮れる中、今にも後を追いそうなフランス人女性がいた。眞弘を溺愛《できあい》していた母親だ。寄り添う実父に敏腕実業家の覇気はまるでない。跡取り息子が逝ってしまったから当然だろう。

「頼む、冥福《めいふく》を祈ってやってくれ」

芳紀に切々とした調子で言われ、晴斗は面食らった。

「芳紀だけは誤解しないでくれ。僕は眞弘が死んで喜んでいるわけじゃない。人生の儚《はかな》さを痛感している」

女性陣に何をどのように罵られても、無二の親友には誤解されたくなかった。何かと庇《かば》ってくれる芳紀がいなければ、学生生活は悲惨だったはずだ。今も芳紀がいるから、晴斗を理解してくれる同級生がいるのだ。

「……じゃあ、一緒に冥福を祈ろう」

「ああ」

「……こんなところでなんだけど、晴斗っていつになっても要領が悪いな」

芳紀にしみじみと言われ、晴斗は俯《うつむ》いたまま大きな息を吐いた。

「うん、自分で自分がいやになる」

晴斗は自己嫌悪で潰《つぶ》されそうになる。この場で地面を掘ったら、地球の裏側にまで辿《たど》り着《つ》く自信があった。

「僕は不器用で誠実な晴斗が好きだけどな」

ポンッ、と芳紀に肩を叩かれ、晴斗は顔を上げることができた。今も昔もこの手に救われている。

「そんなことを言ってくれるのは芳紀だけだ」

「晴斗の誤解も解けたら周りも変わる……っと、あ、大介《だいすけ》や一也《かずや》だ」

どこからともなく、学生時代の同級生たちが集まってきた。神に祝福されたような令息の早すぎる死に誰もが驚愕《きょうがく》している。大学関係者の中に指導教授を見つけ、晴斗は挨拶《あいさつ》をするために一歩踏みだした。

その途端、どこからともなく甲高い悲鳴が上がった。

「きゃーっ」

人の波が割れ、空気も乱れる。どうやら、誰か、後追い自殺をはかったらしい。

「後追い自殺？　何人めだ？」

眞弘の遺影を見た瞬間、思い詰める女性が後を絶たない。晴斗が知るだけでも三人の女性が、眞弘を追って自ら命を絶った。

「……あっ、救急車っ、救急車ーっ」

「……い、い、い、い、い、い、医者がいる。佐原《さはら》先生、お願いしますーっ」

「助けたければ、ゴッドハンドです。速水《はやみ》総合病院の速水俊英《しゅんえい》先生に、お願いしてください——っ」

「速水俊英先生なら眞弘くんも助けてくれるの？」

「……わ、私が一番、眞弘くんに愛されていたのよーっ」

「眞弘くんは私の彼よーっ」

いったい誰が何を叫び、誰がどのように動いているのか、定かではない。眞弘の関係者は後追い自殺を止めるのに必死だ。

晴斗は改めて眞弘という男の影響力を嚙み締めた。そして、人生の凄《すさ》まじい悲哀を痛感した。

眞弘、いくらなんでも早すぎるぜ、と。

2

秀麗な幼馴染《おさななじ》みの葬式の後、晴斗《はると》は芳紀《よしのり》たちと食事する気にもなれず、ひとりで住んでいるワンルームに帰った。力なく喪服を脱いだが、シャワーを浴びる気力がない。倒れ込むように、通販で購入したパイプベッドに横たわる。薄汚れた天井に今までの人生が走馬灯のように駆け巡った。

僕の最大の不幸は幼馴染みに眞弘《まひろ》というお坊ちゃまがいたこと、と晴斗は改めて自分の人生を振り返る。

晴斗の父親は祖父から受け継いだ小さな貿易会社を経営する社長だった。瀟洒《しょうしゃ》な高級住宅街の一角にこぢんまりとした自宅があったのだ。三軒隣には広い庭を持つ洋館があった。眞弘の父親が母親と結婚する際、手に入れた歴史的価値の高い洋館だ。必然的に晴斗と眞弘は一番近いカトリック系の幼稚園に入園した。晴斗の母親がフランス語に堪能《たんのう》だったので、母親同士が意気投合し、急速に距離が近くなったのだ。

『僕と眞弘くんはゾウさん組なの』

幼稚園の頃はよかった。

フランス人形のような眞弘はほかの子供たちから浮いていた。異質な者を疎外するのは世の常。

『眞弘くんの髪の毛、薄い茶色でおかしい。目の色もおかしい。顔もおかしい』

眞弘はいじめの対象になりかけた。

『眞弘くんはおかしくなんかないっ』

一生懸命、眞弘を守ったのが晴斗だ。

もっとも、眞弘を守る必要はなかった。

『眞弘くんのママは変なママだ。眞弘くんも変だーっ』

ガキ大将が眞弘の髪の毛を引っ張った。

『馬鹿《ばか》な奴《やつ》』

眞弘はやられっぱなしではいない。ドカッ、ドカドカドカッ、とガキ大将を派手に蹴《け》り飛《と》ばしたのだ。

晴斗が止める間もなかった。

『……ま、ま、眞弘くん……』

『こいつ、弱い』

眞弘の足の下でガキ大将が血をだらだら流しながら泣きじゃくっている。

『眞弘くん、駄目だよ』

『やられたらやり返す。いいんだ』

相手が誰であっても、相手が何人いても、眞弘は怯《ひる》んだりしなかった。ひとりでクラス全員の男児相手に大乱闘を繰り広げ、勝利を収めた。

保護者から凄絶《せいぜつ》な苦情が入ったが、眞弘が怒られることはなかった。諭されたのは、団体で眞弘に殴りかかった男児たちだ。

小学校に上がってもそんな調子だった。

だが、小学校を卒業する頃には、名うての乱暴者を凌駕《りょうが》する立場に立っていた。何せ、女子生徒からの人気はスーパーアイドル並みだ。

『晴斗くん、今日、私は眞弘くんと一緒に帰る約束をしたの。晴斗くんはひとりで帰ってちょうだい』

クラスで一番可愛《かわい》い女子生徒に言われ、晴斗は委員会に出席している眞弘を待たずに帰った。そうして、眞弘に怒られた。

『晴斗、待て、って言ったのにどうして帰った?』

『帰れ、って言われた』

『誰に?』

晴斗が正直に告げると、眞弘は鬼のような顔で怒った。クラスで一番可愛い女子生徒と約束していなかったという。

ボカッ、と殴られた。

『……眞弘、何をする？』

たとえ、手加減されていても、長身の眞弘から繰りだされる一発は痛い。生理的な涙が滴り落ちた。

『晴斗、俺が待て、って言ったんだから待っていろ』

……待て？

待て、って僕はジョンか？

僕は犬か、という反論が喉《のど》まで出かかったが、すんでのところで思《おも》い留《とど》まった。さらにこじれそうな気がして。

『女子に睨《にら》まれるのがいやだ』

『俺以外の命令を聞くな』

『……め、命令？』

命令とはどういうことだ。

どうして僕が眞弘の命令なんか聞かなくてはならない。

僕は眞弘の奴隷じゃない、と晴斗が声高に異議を唱えたのは言うまでもない。それでも、眞弘の態度は変わらなかった。

ふたりの歯車が嚙み合《か あ》わなくなってきたのはあの頃からだ。

日が経《た》つにつれ、女子生徒の晴斗に対する批判が大きくなっていった。ミスマッチなふたりに思うところがあったのかもしれない。

『いつもあのダサダサのダサ男が眞弘くんにくっついているから、眞弘くんとお話しできない。あのダサ男、どうにかならない？』

『あの万年二位、邪魔よね〜っ。なんで、眞弘くんはあんな冴《さ》えない男子と友達なのかしら？』

『眞弘くんと万年二位は友達なんかじゃないわよ。万年二位が勝手に眞弘くんに幽霊みたいに取り憑《と つ》いているだけ』

『……ほら、晴斗くんって眞弘くん以外に友達がいないじゃん』

『あれだけダサくてトロくて暗かったら友達いなくて当然……あのダサ男、引きこもってくれないかな』

『眞弘くんのために、引きこもらせるしかないでしょう』

高校時代、女子生徒たちの陰険ないやがらせはヒートアップし、晴斗は登校するのが辛《つら》くてたまらなかった。

それもこれも原因は眞弘だ。

自慢にもならないが、隣に眞弘がいなければ注目されることもなかっただろう。好かれることもないが、ここまで嫌われることもなかったはずだ。

「……よく考えてみれば僕は眞弘に一番ひどい目に遭わされた……みんなの前で馬鹿にされたり、みんなの前で転ばされたり、みんなの前で恥を掻《か》かされたり……好きな子は全員、眞弘に夢中になって……」

晴斗が大学生の時、父親が事業に失敗し、金策に走り回った。父親は眞弘の父親にも頼み込んだが、融資してくれるどころか自己破産を勧められたという。眞弘は土下座したという父親を嘲笑《あざわら》うかのように語った。

『晴斗の親父《おやじ》に経営の才能はない。傷が大きくなる前に自己破産したほうが身のためだ。お前もそう言え』

眞弘の尊大な態度は今でも眼底に焼きついている。

結局、父親は自己破産し、祖父から受け継いだ会社と自宅を手放した。晴斗は父親と母親、弟とともに高級住宅街の一軒家から古いアパートに移り住んだのだ。不幸中の幸いは、苦難時にも夫婦仲がよかったこと。ふたつ年下の弟がプロのサッカー選手になり、家計を助けてくれたこと。

弟のおかげで、晴斗は名門の雄として名高い伝統校を退学せずにすんだ。もっとも、就職活動では泣いた。

『兄貴、内定もらえたのか？』

どんなに成績が優秀でも、就職となればさして重要視されない。面接になれば十割の確率で落とされ、最終面接どころか二次面接にこぎつけることもできなかった。

『全滅』

『兄貴にサラリーマンは無理だ。唯一の取り柄で生きていくしかない』

頭、と弟は晴斗の頭を人差し指で意味深に突いた。

『教師の採用試験も落ちた』

教師の資格を取っても、採用されなければ意味はない。悲しいが、晴斗は教師として採用されない理由に心当たりがあった。

『兄貴に教師は無理だ』

『僕もそう思う』

『俺が学費を出すから大学院に進めよ。研究を続けたいんだろう』

晴斗は祖父の弟のように大学院に進み、学者になるつもりだった。父や母も賛成してくれていたのだ。

『……けど』

『予定通り、大学院に進め。真面目《まじめ》で頭のいい兄貴は俺の自慢なんだよ。それぐらいさせてくれ』

晴斗は弟の援助で念願の大学院に進学した。

眞弘は大学を卒業したら、フランスに留学するという話だった。そのまま母親の母国に移住する噂《うわさ》まで流れていたのだ。

無意識のうちに、染みのついた天井にブツブツ零《こぼ》していた。

「……まさか、眞弘が大学院に進学するなんて……眞弘のお母さんもお父さんもパリに行かせたがっていたのに……やっと離れられると思ったのに……」

大学院の入試の時、パリにいるとばかり思っていた眞弘が現れたから腰を抜かした。ほかの学生たちにしてもそうだ。

「……おい、お前はそんなに俺と離れたかったのか?」

いやというほど、聞き慣れた声が晴斗の耳に届いた。長いつき合いだから、確かめなくてもわかる。いつでもどこでも光り輝いていた幼馴染みだ。

「当たり前だろう。眞弘と一緒にいたら悪目立ちするし、女子にさんざん陰険ないやがらせを食らう。……一番ひどかったのが眞弘だ。眞弘が馬鹿にするから、周りも調子に乗るんだよ」

眞弘から向けられた罵詈雑言《ばりぞうごん》は棘《とげ》となって心に突き刺さっている。それも一本や二本ではない。何より、周囲の面々も眞弘に倣うように、晴斗を侮辱するから悲惨だった。人は序列をつけたがる生き物だと今になってわかる。眞弘という王子が下僕扱いしている男は誰にとっても最下層の下僕に位置づけられたのだ。芳紀がいなければ、それこそ、残酷ないじめになっていたに違いない。

「馬鹿だから馬鹿にされて当然だろう」

「僕はそんなに馬鹿じゃない」

要領が悪いだけ、世渡り下手なだけ、口下手なだけ、これからは後悔しないように生きる、と晴斗は決意を嚙み締める。

「俺はお前より馬鹿な奴を見たことがない」

「眞弘、いつもみんなの前で僕を馬鹿にするから、ほかの奴らまで僕を馬鹿にしてひどかったんだ……え？」

僕はいったい誰と喋《しゃべ》っているんだ。

眞弘だ。

眞弘は死んだ。

眞弘と最期の別れをしたのに、と晴斗は慌てて上体を起こした。目の前には見慣れた美青年が佇《たたず》んでいる。

「やっと気づいたか」

ふっ、と眞弘はいつもと同じように馬鹿にしたように鼻で笑った。

「……だ、誰だ？」

「俺がわからないのか？」

その笑い方、間合いの取り方、雰囲気、すべて眞弘のものだ。背後に広がるワンルームの室内とのミスマッチさも。

「……眞弘に見えるけど、眞弘は死んだ」

……違う。

絶対に違う。

眞弘であるはずがない。

眞弘は永遠の眠りについた。

誰かが眞弘に化けているのか。

僕の目がおかしくなったのか、と晴斗は自分の目を指で擦《こす》った。無性に寒いのは気のせいではない。

「ああ、俺は死んだ」

「……眞弘？」

眞弘は棺桶《かんおけ》に入っていた。そう、棺桶に入って霊柩車《れいきゅうしゃ》に運ばれた。泣き崩れる女性たちに見送られ、眞弘は火葬場に向かったのだ。

「そうだ」

スッ、と眞弘は一歩近づく。

「……え？　……え？　眞弘はトラックに追突されて死んだ……火葬場から逃げてきたの

か？　生き返ったのか？　眞弘の幽霊か？」

想像を絶する事態に、晴斗の思考回路はショート寸前。

「霊魂」

一瞬、何を言われたのか理解できず、晴斗はきょとんとした面持ちで聞き返した。

「……れぇ？　れ、れ、れ？」

「霊魂だ」

眞弘の冷徹な声とともに晴斗の目の前を蓮根《れんこん》が過《よぎ》る。母親は味噌汁《みそしる》やスープ、オムレツやグラタンにも蓮根を使ったが意外と美味《おい》しかった。

「……蓮根？」

「蓮根なんて誰も言っていない。霊魂」

「……れ、れ、れ、霊魂？」

「死んで身体《からだ》がなくなっても、魂までなくなるわけじゃない。魂を入れる器《うつわ》がないだけだ」

眞弘の手が伸びてきた。

ポンッ、と肩が叩《たた》かれる。

……否、晴斗は肩に何も感じない。よくよく見れば、眞弘の手は透けていた。……眞弘の全身が透けている。

……お、おかしい。

異常だ。

こんなことがあるはずがない。

酔ったんだ、と晴斗は判断した。

「……僕、酔っぱらったのかな？」

「お前、酒なんか一滴も飲まないじゃないか」

呆《あき》れ顔《がお》の眞弘に指摘された通り、アルコールは飲めない。一口でも飲めば、ひどい頭痛に苛《さいな》まれ、倒れる。もちろん、部屋にアルコールの類《たぐ》いは一本もない。好きな飲み物は甘めのコーヒー牛乳だ。眞弘の母親が淹《い》れてくれるカフェ・オ・レが絶妙で大好きだった。

「毎日毎日、精神的に不安定な浪人生の相手をして、とうとう僕はおかしくなったのか……インドがアメリカの隣にあると思い込んでいる生徒を僕の母校に合格させろと言われて、顎《あご》を外しかけたダメージが大きいんだな……スイスの首都がパリだと思い込んでいる財務大臣の息子も無理だよ……」

晴斗が虚《うつ》ろな目でつらつらと捲《まく》し立《た》てると、眞弘が忌々しそうに言い放った。

「お前に予備校の講師なんて無理だ。さっさと辞めろ」

「僕も好きでやっているんじゃない」

大学院を辞めて、やっとのことで見つけた就職先が芳紀の勤務先である予備校だった。芳紀の紹介がなければ、就職できなかっただろう。予備校の経営者は芳紀の伯父であり、何かと気遣ってくれるから不器用な晴斗でも勤められるのだ。雇用条件もいいし、スタッフ同士の仲もよかったから助かった。

「嫌いならさっさと辞めろ」

「いつまでも弟に頼れない」

研究室に残っても、眞弘がいる限り、自分にチャンスが回ってこないことは明らかだった。晴斗は眞弘の存在で自分に見切りをつけたのだ。

「バイトでうちのメイドでもすればよかったのに変な意地を張るから」

傲慢《ごうまん》なご子息がいる屋敷《やしき》に仕えるなど、考えただけでも寒気を感じる。それ以上にプライドが軋《きし》む。

「白鷺家《しらさぎけ》のスタッフなんて考えただけでも恐ろしい」

「お前が大学院を辞めるとは思わなかった」

「誰のせいだと思っているんだ……っと、眞弘？　本当に眞弘なのか？」

晴斗は今さらながらにまじまじと眞弘を見つめた。依然として白薔薇《しろばら》が似合う美青年だが透けている。

「あぁ」

「死んだよな？」

眞弘の身体が透けていることは確かだ。……目の錯覚ではない。自分の腕を抓《つね》って痛覚を確かめる。夢でもない、と。

「あぁ」

「どうして、こんなところにいるんだ？」

「俺が死んでお前が泣くのを待っていた」

眞弘に憮然《ぶぜん》とした面持ちで見据えられ、晴斗は呆気《あっけ》に取られる。……いや、眞弘とはそういう男だ。

「……その性格、眞弘だな」

「どうして、俺を想《おも》って泣かない」

俺を想って泣き崩れろ、と眞弘は言外で詰《なじ》る。いつもながら傲岸不遜《ごうがんふそん》なプリンスだ。

「生憎《あいにく》、泣けない」

「お前、そんなに俺を恨んでいたのか？」

「……恨んでいた……恨んでいないと言えば嘘《うそ》になるな……けど、死んでほしいとは一度も思ったことがない。ただただ驚いた。驚きすぎてまだ実感が湧《わ》かない」

いつでもどこでも強烈な光を放っていた幼馴染みは、百年でも二百年でも潑剌《はつらつ》と生きそうな男だった。

「好きだろ？」

一瞬、何を言われたのかわからなかった。

「……え？」

「愛しているな？」

「……な、何が？」

「連れて行くぜ」

……連れて行く？

どこに連れて行く？

どういうことだ、と晴斗は意味がわからず、怪訝《けげん》な顔で聞き返した。

「……は？」

「俺は無間地獄に落ちる覚悟を決めた」

グイッ、と眞弘に腰を抱き寄せられ、立ち上がらされた。つい先ほどまで透けていた眞弘の身体が透けていない。

「……眞弘？」

晴斗は呆然《ぼうぜん》としたまま、眞弘に窓辺に運ばれる。

「俺についてこい」

バンッ、と窓が開くや否や。

晴斗は窓から飛びだした。

「……っ？」

突風に煽《あお》られるが、浮いたりはしない。

晴斗の眼下は小さな車が何台も走っている車道だ。……いや、九階だから車が小さく見えるだけだ。

怖い。

そう思う間もなく落下した。

痛い。

そう思う間もなく絶命した。

呆気ない最期だ。

これからは後悔しないように生きる、と誓ったばかりなのに。

……あ、僕が死んでいる。

僕はここにいるのに死んでいる。

僕の身体が救急車で運ばれる。

いったいこれはどういうことだ、と晴斗は震駭《しんがい》した。自分が自分ではない。救急隊員に喋りかけても返事をしてもらえない。肩を叩いてもスカッ、と通り抜ける。

「……僕が透けている？」

晴斗は自分の手を凝視してから、目の前の大木に触れた。……が、手の感覚がない。触れているのに触れていない。

「晴斗、行くぜ」

普段と同じように、眞弘が鷹揚《おうよう》に顎を杓《しゃく》った。

「……眞弘……眞弘が僕を九階の窓から突き落としたな」

九階の窓から落ちたら無事ではすまない。結果、晴斗の霊魂は身体から抜けた。

「ああ」

「僕を殺したな」

晴斗が鬼のような顔で睨むと、眞弘はシニカルに口元を緩めた。

「ああ」

「……よ、よくも……」

一発ぐらい殴ってやる。

晴斗は渾身《こんしん》の右ストレートを繰りだした。

スッ、と眞弘に難なく躱《かわ》される。

白い壁にあたった。

スルリ。

透けている晴斗の腕は白い壁を通り抜けた。言うなれば、霊魂はエネルギー体だ。実体がない。

「俺が死んだのに泣かないお前が悪い」

「……こ、この……」

あまりの不条理さに、晴斗は二の句が継げない。

「俺が死んだのに後追い自殺しないお前が悪い」

どうして後追い自殺しない、とメスで整えたような眞弘の目は雄弁に詰っている。ざわざわざわっ、と周囲が燃え盛るようにざわめいた。

「……あ、後追い自殺？」

葬儀の時、眞弘の名を叫びながら手首を切った女性を思いだした。青酸カリを飲んだ女性もいたという。

「お前は俺のそばにいればいい」

「……ひ、人殺し……」

「なんとでも言え」

「……も、もう二度と顔も見たくない」

晴斗は眞弘から視線を逸《そ》らし、今まで住んでいたワンルームマンションを見上げた。野次馬がわらわらと集まっている。それぞれ、勝手なことをあれこれ言っている。誰一人として真実に気づいてくれない。

「そんなことを言っていいのか？」

「二度と関わりたくない」

「これからどうする気だ？」

今後について問われ、晴斗は瞬きを繰り返した。

「……え？」

「お前の寿命はまだあった。九十六歳までお前を誰も迎えに来ないぜ」

どんな情報が飛び交ったのか不思議だが、早くも晴斗の飛び降り自殺を聞きつけたらしく、芳紀や学生時代の同級生たちが血相を変えて集まってくる。後追い自殺だと、誰もが誤解していた。

しかし、晴斗はそれどころではない。

「……ど、どういうことだ？」

「だから、お前は老衰で死ぬはずだった」

「……僕、死んだ？　本当に死んだのか？」

「ああ」

……う、信じたくない。

信じられない。

どうせ、いつものように眞弘の悪い冗談だ。

けれど、芳紀の前に立っても気づいてくれない。

芳紀は僕の名を呼びながら慟哭《どうこく》しているというのに。

芳紀、気づいてくれ、と晴斗は必死になってくずおれた芳紀の肩を叩いた。もっとも、叩けない。

スルッ、と無情にも晴斗の手はすり抜けた。認めたくはないが、認めるしかないようだ。

それでも、諦《あきら》められない。

「眞弘、僕はどうやったら戻る？」

「無理だ」

「無理じゃない」

「お前の身体はもう滅茶苦茶《めちゃくちゃ》だ」

いけしゃあしゃあとほざく幼馴染みが、心の底から憎たらしい。未《いま》だかつてない怒りが込み上げてきた。

「……こ、このっ」

「九十六まであの世に行けない。俺と一緒にいるしかないのさ」

「……じゃ、じゃあ、眞弘は？　眞弘の寿命は？　事故死だから寿命なんだろう？」

「死神から逃げている最中だ」

死神、のイントネーションが眞弘にしては珍しく微妙だ。怖いもの知らずの男でも怯《おび》える存在なのか。

「……え？　死神？」

「行くぜ」

グイッ、と眞弘に腕を掴《つか》まれた。霊魂同士ならば透けていても掴み合えるらしい。

「どこに？」

「ふたりで暮らせるところ」

「……ふ、ふたりで暮らせるところ？」

「お前、ロンドンに行きたがっていただろう。行くか」

イギリスに留学したかったが、晴斗はチャンスに恵まれなかった。旅行で彼《か》の地を踏んだこともない。

「パスポートも旅費もない」

「馬鹿か、俺たちにそんなものがいるか」

「……あ？」

「死んだら国境はない。金もいらない。自由だ」

「自由？」

「あぁ、何をしてもいい。自由だ」

眞弘の薄い唇が近づいてきた。

何をするんだ、と晴斗が拒む間もなかった。

眞弘の唇が晴斗の唇に重なる。

今、僕に何をした？

キスみたいだ。

子供の頃の挨拶《あいさつ》キスじゃない。

キスか。

これはキスなのか。

どうして、キス、と晴斗の思考回路が完全にストップした。ふわふわふわふわ、と身体が宙に浮く。

が、浮いていることさえわからない。

頭の中は真っ白だ。

「白鷺眞弘殿、罪を重ねたの」

不気味なくらい低い声が響き渡った。

その途端、晴斗は自分を取り戻す。

いつの間にか、晴斗は眞弘にきつく抱き締められていた。そのうえ、白い雲と一緒に空に浮かんでいる。

何より、驚愕《きょうがく》すべきことは、目の前に大きなカマを持った黒装束の男。

「死神、早かったな」

眞弘はほっそりとした晴斗の身体を抱き直しつつ、死神と呼んだ黒装束の男に悠然と言葉を返した。

……っ……し、死神？

死神ってあの死神か、と晴斗は大きなカマを構えた黒装束の男を見つめる。黒い布を頭からすっぽり被《かぶ》っているから顔はわからないが、どこからどう見ても人ならざる者だ。

「我らを侮るでない」

死神は威嚇するように、眞弘に大きなカマを向けた。

「こいつが九十六になるまで見逃してくれ」

「貴公は罪を犯した。罰を受けなければならぬ」

「こいつが九十六になってあの世に行くまで待て」

「往生際が悪い」

シャッ、と死神の大きなカマが振り下ろされた。

その瞬間、世界が変わった。

3

目の前に閻魔大王《えんまだいおう》がいた。

閻魔大王を知らないはずなのに、閻魔大王だとわかった。

ここに閻魔大王がいるということは地獄か、地獄の一歩手前か、閻魔大王は生前の行いについてジャッジを下す裁判所みたいなところの裁判長だったよな、と晴斗《はると》は尋常ならざる迫力を漲《みなぎ》らせる閻魔大王に震撼《しんかん》させられた。恐怖と絶望感で、ガクガクと下肢の震えが止まらない。

晴斗は眞弘《まひろ》の胸に仕舞い込まれたまま、閻魔大王の前に立たされる。死神が低い声で事務的に報告した。

「閻魔大王様、連れ戻しました」

「ご苦労」

閻魔大王は死神を労《ねぎら》うと、眞弘をしげしげと見つめた。

「愚かな男よのぅ」

「愚かなのは俺じゃない。こいつだ」

眞弘はいつもと同じように、横柄な態度で言い返した。彼にとって閻魔大王も巷《ちまた》のオヤジもなんら変わらない。

もちろん、晴斗は口を挟めない。ただただ眞弘の逞《たくま》しい腕の中で、ぶるぶる震えているだけだ。

「そちのほうが愚かであろう。いったい何度、同じことをすれば気がすむのじゃ」

「俺に何度も同じことをさせるこいつが悪い」

「どんな理由があれ、人の命を奪った罪は重いぞ」

「それは覚悟している」

「覚悟しておるのか？」

閻魔大王に確かめるように問われ、眞弘は不遜な目で答えた。

「……ああ」

「哀れな男よのぅ」

「父親がロクデナシなんで」

ふんっ、と眞弘は憎たらしそうに鼻を鳴らす。閻魔大王の左右に控えている愛らしい小姓たちが青ざめた。

「……なんの、そちの父親は立派な男ではないか」

閻魔大王の表情に複雑怪奇な影が走り、周りの空気が異様な重さを持つ。どこからともなく、気味の悪い地鳴りが響いてきた。

「マジに俺の父親が立派だと思っているのかよ」

「当然じゃわい。そちの父親以上に立派な奴《やつ》はそうそうおらん」

閻魔大王は一呼吸置いてから、晴斗に声をかけた。

「晴斗や、ここに来ても何も思いださぬのか？」

閻魔大王に尋ねられ、晴斗は低い悲鳴を上げた。

「……ひっ」

「これこれ、晴斗や、そう怖がらずともよい。そちが善人であることは承知しておる」

閻魔大王に宥《なだ》めるように言われ、晴斗は瞬きを繰り返した。

「……え？」

予想だにしていなかった出来事の連続だ。何がなんだか、晴斗はまったくわからない。悪い夢でも見ているような気分だ。

「そちは清らかな魂の持ち主ぞ」

閻魔大王の威圧感は凄《すさ》まじいが、敵意は向けられていないようだ。それでも、晴斗の心臓は破裂寸前。

「……は、はぁ……」

「清らかなれど不器用じゃ。人の世で学ばねばならぬことを学んでおらぬ」

「……は、はい……」

地獄といっても晴斗が想像していたようなおどろおどろしさはなく、それこそ、中国映画やテレビドラマの『楊貴妃《ようきひ》』や『武則天《ぶそくてん》』で観《み》た宮廷内の豪華絢爛《ごうかけんらん》な大広間に見えないこともない。閻魔大王や小姓、文机《ふづくえ》で筆を走らせている書記官が身につけている衣類も漢服だ。中国映画の撮影現場に迷い込んでしまったと、晴斗は思い込みたかったが、どんなに心血を注いでも思い込めなかった。何せ、宙を龍が飛び、金棒を持つ赤鬼が護摩壇の前にいる。

「よう聞け、晴斗は前世もその前もその前もその前も……どの人生もそこな眞弘に命を奪われたのじゃ」

閻魔大王はこれ見よがしに、晴斗から眞弘に視線を流した。

「……ええ？」

「そこな眞弘がそちをものにするため」

閻魔大王の言葉は耳に入ったが、意味が理解できなかった。ゴォォォォォォォォ、と護摩壇で焚《た》かれている護摩が燃え上がる。

「……え？　……ど、どういうことですか？　いったい？」

「いつの世に生まれても、そこな眞弘はそちを手に入れるために暴れよった。哀れで愚かな男ぞ」

ぶわっ、と青白い炎の中、明治時代の光景が浮かび上がる。旧制中学の制服を身につけた学生がふたり、肩を並べて歩いていた。

ひとりは小柄でおとなしそうな学生、ひとりは長身で生意気そうな学生。

僕と眞弘だ、前世ってひとつ前の人生のはず、どんな前世か思いだせないけれど僕と眞弘だ、と晴斗は前世の自分と眞弘を確認した。

「……僕を手に入れるため？ 僕を奴隷にするため？」

いつでもどこでも誰の前でも眞弘は僕を下僕みたいに扱った、と晴斗は理不尽な暴君の所業を脳裏に浮かべる。

『俺を待て』だの『カフェ・オ・レを淹《い》れろ』だの『俺の靴を持て』だの『俺を起こせ』だの『あいつと喋《しゃべ》るな』だの『俺以外とつき合うな』だの『俺についてこい』だの『俺についてくればいいんだ』だの『誰と遊びに行ったんだ』だの。

「そち、眞弘の気持ちを知らぬのか」

閻魔大王の声音に奇々怪々な哀愁が混じった。晴斗を抱き締める眞弘から、激烈な怒気が発散される。

「……眞弘の気持ち？」

「そちとつがいになろうと必死じゃ」

つがい、という閻魔大王の言葉に凄絶《せいぜつ》な違和感を覚える。晴斗の口が知《し》らず識《し》らずのうちに動いた。

「……つがいは男女」

「わしもつがいになりたければ性別を変えろと申したが、愚かな眞弘はそちと同じ性別を選ぶ」

閻魔大王が呆《あき》れたように溜《た》め息《いき》をつくと、眞弘は険しい顔つきで怒鳴った。

「晴斗がいつも男を選ぶから仕方がないだろうっ」

「つがいになりたい相手が男を選べば、女を選ぶしかないであろう」

「俺、女はいやだ」

「それぞれ、それぞ。つがいになれぬのじゃ」

「時代は流れた。男同士のつがいも認められている。今回、俺と晴斗が生まれた国は男同士でつがいになっても死刑にならなかった」

……なのに、こいつが、と眞弘は悔しそうに頬《ほお》を引《ひ》き攣《つ》らせた。晴斗の身体《からだ》を抱き締める腕に力がこもる。

「じゃが、結局、今世でもつがいになれなんだわいな」

「こいつが悪い」

「己に非があると思わんのかいなぁ？」

「俺に非はない。九割の非はこいつだ。残り一割は俺から抱くことを禁じた閻魔大王だ」

眞弘が鬼のような形相で睨《にら》むと、閻魔大王はこめかみを揉《も》んだ。

「強姦《ごうかん》はならぬ」

「強姦じゃない」

「強姦じゃ」

くわっ、と閻魔大王は目を剝《む》いた。左右に控える小姓たちも同意するように相槌《あいづち》を打つ。

明治の御世《みよ》も明《みん》の朱元璋《しゅげんしょう》の御世も宋《そう》の高宗《こうそう》の御世もヴィクトリア女王の御世もマリア・テレジアの御世もルイ十四世の御世も強姦の罪を犯しましたね、と祭壇の前に立っている小姓が事務的な口調で口を挟んだ。ルイ十三世の御世もヘンリー八世の御世もリチャード三世の御世も、と真っ黒な一角獣や鳳凰《ほうおう》が囁《ささや》いている。

「キサマだって強姦の経験があるだろう。どの面下げて言いやがる」

眞弘が堂々と反論すると、閻魔大王の頭から湯気が出た。パタパタパタパタッ、と左右に侍《はべ》っている小姓たちが大きな団扇《うちわ》で扇《あお》ぐ。

「……反省を促したいが反省せぬな。致し方なし。罰を受けよ」

スッ、と閻魔大王が指した先には、容姿端麗な書記官が控えていた。分厚い台帳に筆を走らせている。

「罰を下すぐらいしか能がないよな」

眞弘は詫《わ》びるどころか、さらに閻魔大王を挑発する。

これが眞弘だ、これが眞弘という男の性格だと、晴斗はいやというほど知っていた。当然、口は挟めない。口にする言葉も思いつかない。

「口が悪いのもほどほどにせい」

閻魔大王の顔つきや雰囲気が一変した。スゥウウウウウウゥ、と言葉では表現できない張り詰めた気が辺りに漂う。

ピリッピリリリリリッ。

足下、地面が一瞬にして割れる。

晴斗の視界に身の毛もよだつ地獄が広がった。

「……ひっ」

赤黒い火柱や青黒い火柱が立ち、数え切れないくらいの鬼が金棒を手に並んでいる。ひとつ目の鬼に生きたまま身体を切り刻まれているのは、十年前、不倫相手の子供を三人殺して自殺した女性だ。大きな釜でぐつぐつ茹《ゆ》でられているのは、三十年前、無差別殺人で処刑された凶悪犯だ。昔の事件だが、その残忍性で晴斗も知っていた。

「ひぃいいいいいいいい〜っ」

「ほれ、八人も殺したからあと九百六十五年、罪を償わなければならぬ。愚かなことをしたのう」

「……ひっ……ひぃぃぃぃぃぃぃぃぃぃ～っ」

美麗な秘書官が抑揚のない声音で晴斗に説明した。

なんでも、生前、罪を犯したら程度により、等活地獄・黒縄地獄・衆合地獄・叫喚地獄・大叫喚地獄・焦熱地獄・大焦熱地獄・阿鼻《あび》地獄の八大地獄のいずれかで罰せられるという。

毎日毎日、責め苦で死ぬ。だが、死ねない。時間が経《た》てば身体は復活し、また同じ刑罰で死ぬ。十字架に架けられ、弱火でじわじわと焼かれているのは、大正時代の殺人鬼として現代に伝えられている極悪犯だ。

……八大地獄って本当にあったのか、と晴斗はあまりの惨《むご》さに直視できない。たとえ、生前、鬼畜の限りを尽くした極悪人が罰せられているとしても。

「……さて、眞弘やい。火責め、針責め、水責め、蛇責め、虎《とら》責め、土責め、石責め、蜘《く》蛛《も》責め、臓責め、どれを所望する？」

閻魔大王が恐怖を煽《あお》るように尋ねると、眞弘は吐き捨てるように言った。

「好きにしろ」

「火責めはのぅ、毎日毎日、弱火で焼かれて煤《すす》になるが、毎日毎日、蘇《よみがえ》る。臓責めはのぅ、毎日毎日、カラスに肝や腸を突かれて取りだされて食われるが、毎日毎日、蘇る。……そうさのう、そちの反省を引きだすにはスタンダードな針責めかのぅ」

閻魔大王は凄まじい断末魔の叫びを上げる極悪人を背に笑った。左右に控えている愛らしい小姓たちも声を立てて楽しそうに笑う。その様だけを見れば、鬼畜以上の鬼畜にしか見えない。言うまでもなく、晴斗の身体は凍りついた。

「晴斗はどうなる？」

眞弘が腹から絞りだしたような声で聞くと、閻魔大王は雄々しい眉《まゆ》を顰《ひそ》めた。

「そちに殺されて哀れじゃ。弟の息子として誕生させる。今、晴斗の家族は嘆き悲しんでおるでな」

ぶわっ、と閻魔大王が手を振った途端、護摩の向こう側に晴斗の家族が浮かんだ。狂わんばかりに号泣している。

お母さん、お父さん、隼斗《はやと》、と晴斗の目から大粒の涙が溢《あふ》れた。心の底から家族への思慕が募る。

「晴斗が弟の息子として誕生したら誰のものになる？」

眞弘は、生まれ変わった晴斗のパートナーについて言及した。一気に体温が上がったようだ。

それは身体を密着させている晴斗も気づいた。

「晴斗が決めることじゃ。地獄で罰を受けるそちには関係ないことぞ」

閻魔大王が尊大な態度で言うと、左右の小姓たちや美麗な秘書官は同意するように相槌を打った。書記官も頷《うなず》きながら筆を走らせる。

「晴斗は俺のものだ」

ぎゅっ、と眞弘に凄まじい力で抱き締め直され、晴斗は息ができなくなった。……と思った。

今まで幾度となく聞いたセリフだ。

が、晴斗の心にズシリと響いた。

生前とは違う。

どこがどうとは言えないがまるで違うのだ。

「晴斗の魂は俺のもの」

「晴斗の魂を無視するでない」

埒《らち》が明かないとばかり、閻魔大王は呆気《あっけ》に取られた顔で溜め息をつくと、眞弘から晴斗に視線を流した。

「……あ、始末に負えんわい。……晴斗や、何度も同じ過ちを繰り返すでない。この際、ここで引導を渡せ」

閻魔大王に諭すように言われ、晴斗は掠《かす》れた声で聞いた。

「……ひょっとして、眞弘は僕が好きなんですか？」

「そち、知らなんだのか」

閻魔大王の呆然《ぼうぜん》とした表情を目の当たりにして、晴斗の心の中心に灯《あか》りが灯《とも》ったような気がした。

「……ただ単に支配欲の強い気まぐれ大魔王のわがままかと……僕は下僕みたいで……僕に対する言動がひどかったし……トロいとか、ウスのろとか、鈍感とか、無能とか、毎日のように言われたから……」

晴斗がどこか遠い目で生前について語ると、閻魔大王は大袈裟《おおげさ》に肩を竦《すく》めた。

「未熟な魂じゃ。ちっとも成長せぬ」

「晴斗、お前が悪いんだろう。お前がさっさと俺に迫ればよかったんだ」

ガバッ、と眞弘に抱き直され、晴斗は目を白黒させた。

「……ぼ、僕が？」

「クソ閻魔のせいで俺はお前を抱くことができなかった。ゲス閻魔に邪魔されなきゃ、さっさと抱いていたさ」

何度ヤってやろうと思ったか、と眞弘は腕力に訴えようとした衝動を口にした。漲る迫力が異様すぎる。

「……眞弘、あれは好きな相手にする態度じゃない」

ご主人様と下僕、飼い主と犬、という形容がついてまわった。すなわち、眞弘の言動がひどかったのだ。

「悪いのはお前だ」

「僕は悪くない」

「俺がいないと寂しくて泣いたくせに」

「それは子供の頃の眞弘だろう。僕にはふたつ下の弟がいたから寂しくて泣いたりしなかった」

両親は仕事が忙しくて構ってもらえず、ひとりっ子で寂しかったのは眞弘だ。もっとも、意地っ張りな眞弘が涕泣《ていきゅう》している姿を見た記憶はないが。

「弟が活発すぎて運動音痴のお前はついて行けなかった。お前の手を繋《つな》いでやったのは俺だ。水溜まりで転んだお前を慰めたのも俺だ」

「僕を水溜まりで転ばせたのは眞弘だ」

「お前が泣いたら堂々と俺は慰められる」

眞弘には眞弘なりに言い分があるらしいが、どうしたって、晴斗は理解できない。閻魔大王にしろ小姓たちにしろ秘書官にしろ書記官にしろ金棒を持った鬼にしろ宙を泳ぐ龍や鳳凰にしろ、それぞれ、眞弘に呆れ果てている。

「……だ、だから、眞弘がおかしい。そんな意地悪ばかりじゃわからない」

ストレートに愛を告げてくれたらわかった。愛を大事にするフランス人の血を半分、受け継いでいるのに異常だ。事実、アムールを何かにつけて連発する眞弘の母親の愛情表現はわかりやすかった。眞弘の両親は今でも新婚夫婦のように熱い。

「今、わかれ。早く理解しろ」

ガクガクガクガクッ、といつになく真剣な眞弘に華奢《きゃしゃ》な肩を揺さぶられる。晴斗は頬を引き攣らせた。

「理解しろ、って……」

「俺は今からお前を殺した罪で罰を受ける。いずれ、俺は生まれ変わる。それまで俺を待っていろ」

俺を待っていろ、はすでに耳に胼胝《たこ》ができた眞弘のセリフだ。それなのに、今までとは意味がまるで違う。

「……え？」

「誰も愛さず、俺を待っていろ」

お前が愛してもいいのは俺だけ、と眞弘は切れ長の目で雄弁に命じている。有無を言わせぬ気迫が凄まじい。

「……は？」

「結婚なんて許さない。セックスどころかキスも許さない。俺が生まれ変わってそばに行くまで待っていろ」

眞弘の唇が迫った。

チュッ、と触れるだけのキスだが焼けるように熱い。

「……っ？」

「いいな」

眞弘は言うだけ言うと、閻魔大王に言い放った。

「閻魔大王、早く罰を下せ。俺はさっさと刑期を終える」

「眞弘や、晴斗を殺《あや》めたのは何度めじゃ？　今までの罪も溜まっておるぞ。今回の刑は百年や二百年ではないぞ」

閻魔大王が鷹揚《おうよう》に顎《あご》を杓《しゃく》ると、美麗な秘書官は事務的な声で言った。千年、と。

千年、千年って百年の何倍だ、人間の平均寿命の何倍になるんだ、とあまりにも長すぎて晴斗には実感が湧《わ》かない。

「俺が地獄で刑罰を受けている間、晴斗が何度転生してもひとりだ。俺以外、晴斗には指一本、触れさせせない」

眞弘は千年の刑と聞いても意に介さなかった。強がっているわけではないと、晴斗には手に取るようにわかる。

「眞弘や、その性根を叩《たた》き直《なお》すには千年の刑が必要ぞ」

「俺が千年の刑なら、晴斗はひとりの千年だ。さっさとしろ」

「千年後、人間界はどうなっておるのかのぅ」

「核爆発で荒野だらけじゃないか？」

「……では、眞弘や、火責めの千年の刑に処す」

閻魔大王が威厳に満ちた態度で宣言した瞬間、並外れて頑強な赤い鬼と青い鬼が眞弘の前に立ちはだかった。

眞弘はいっさい動じない。

ぎゅっ、と晴斗の身体を抱き締めて言った。

「晴斗、俺を待っていろ」

スッ、と眞弘の腕が離れる。

その途端、赤鬼と青鬼が左右から眞弘の身体を拘束した。祭壇の前にしつらえられた十字架にかけられる。

ガンッ。

ガンッ。

眞弘の両手に釘《くぎ》が打ちつけられた。

「……っ」

眞弘は辛《つら》そうに呻《うめ》き声を漏らすが、弱音を吐いたりはしない。霊魂だというのに、釘で打ちつけられた左右の手から赤い血が流れた。

赤鬼が手にした松明《たいまつ》が近づく。

眞弘の足下に火がつけられる。

秀麗な幼馴染《おさななじ》みが煙に巻かれる。

「……ちょ、ちょっと待った。眞弘は僕を殺した罪で千年の火責めの刑になるのですか？」

ダッ、と晴斗は十字架に架けられた眞弘に向かって走りだした。一刻も早く、火を消すために。

しかし、美麗な秘書官に止められてしまう。

「いかにもその通りじゃ。晴斗は眞弘を忘れ、幸せになるがよい。愛し合える者と心から深く愛し合い、子を生《な》し、人並みの人生を味わうがいい。そちはいつの世も眞弘に邪魔されたんじゃ。……まぁ、眞弘をわしの下に閉じ込めていた世は殺められず、妻を娶《めと》り、子を生したがのぅ……それでも……」

閻魔大王に滔々《とうとう》と過去世を告げられ、晴斗は肺腑《はいふ》を抉《えぐ》られたような痛みを感じる。いてもたってもいられない。

「……あ、あの、本当に千年間、毎日毎日、火刑ですか？　毎日、眞弘が火あぶり？」

ジリジリと弱火で眞弘の足が焼かれている。晴斗は十字架に近づきたいが、秘書官に羽交い締めにされて動けない。

「そうじゃ。眞弘の強情な魂は業火で矯正する。そちへの未練も焼き尽くそう」

誰よりも傲慢《ごうまん》で華やかな幼馴染みが焼かれて煤となる。

眞弘が眞弘でなくなる。

僕に対する想《おも》いも消える、と晴斗の心の中で何かが弾《はじ》け飛《と》んだ。それはいやだ、と。それは悲しい、と。

「眞弘の罰はいいです」

僕を殺した罪ならば僕が許せば罪にならない。

僕は告訴しない、と晴斗は真っ直《まっす》ぐな目で閻魔大王を見上げた。拘束している美麗な秘書官の腕の力が格段に強くなる。

「……このところ歳《とし》のせいか耳が遠くなってのぅ。なんと申した？」

「僕は眞弘を許します。ですから、眞弘を罰しないでください」

晴斗は真っ赤な顔で言い切った。

「そちも同じ過ちを繰り返す気か？」

「僕も同じ過ち？」

「前世、晴斗の政略結婚が決まり、怒り狂った眞弘が無理心中《むりしんじゅう》した。地獄で眞弘を罰しようとしたら、晴斗が許し、庇《かば》った。今のようにのぅ」

閻魔大王の背後に何本もの黒い火柱が立ち、明治時代の青年たちが浮かび上がった。

長身の生意気そうな青年が葡萄酒《ぶどうしゅ》に毒薬を入れている。華奢でおとなしそうな青年は何も知らずに飲んだ。伯爵家の跡取り息子と没落士族の息子の最期である。

「……僕は覚えていません」

没落士族の息子は家のために成金《なりきん》の娘の家に婿入りしなければならない。成金の娘は妻子ある男の子を妊娠していた。成金一家は早急に毛色のいい婿養子が必要だったのだ。白羽の矢を立てられたのが、気位ばかり高くて借金を重ねている士族の次男坊だった。

自分だと、晴斗はなんとなくわかる。伯爵家の跡取り息子が眞弘だとわかる。……自分と眞弘はわかるが、それだけだ。自分と眞弘以外、何もわからない。

「被害者である晴斗の意見を汲《く》み、眞弘の罪は問わなかった。同じ過ちを繰り返すな、と口を酸っぱくして平成の御世に誕生させたのじゃ」

結果、また同じ過ちを繰り返した、と閻魔大王はお手上げというように長い髭《ひげ》を撫《な》でた。左右の小姓たちも同意するように肩を竦める。ズラリと並んだ強健な鬼たちも呆れていることは確かだ。

「全然、僕は覚えていない」

どうやら永い間、国や時代は違えど、晴斗と眞弘は同じ悲劇を選んでいた……らしい。

「晴斗や、そちの魂は転生するたび、欠けるようじゃな」

「魂が欠ける？」

「そちは人として誕生する時、前世の記憶を綺麗《きれい》さっぱり捨てるのじゃ。おとなしそうな魂に見えるが剛毅じゃのぅ」

「とりあえず、眞弘は罰しないでください」

こうしている間にも、眞弘を覆う業火は大きくなっていく。膝《ひざ》まで焼かれ、真っ黒だ。

「眞弘を罰せねば、そちに自由はないぞ」

「……はい」

「なんじゃ、やはり、そちも眞弘に惚《ほ》れておるのか」

閻魔大王にあっけらかんと指摘され、晴斗は心魂を撃ち抜かれたような気がした。身体が無性に熱くなる。

「……そ、それは……その……」

「過去世も同じようにそちはモジモジしよったが、眞弘はドヤ顔でふんぞり返った」

「……僕も眞弘も学習能力がないんですね」

「わしはもう呆れてものが言えん」

閻魔大王が長い髭に触れると、炎に焼かれている眞弘が苦しそうに口を挟んだ。

「……なら、何も言うな」

耐《た》え難《がた》い辛さのはずなのに、と晴斗を拘束している秘書官が感嘆したように言った。赤鬼や青鬼も眞弘の精神力に感服している。

「眞弘や、そちがそれを言うでない」

閻魔大王が顎を杓ると、眞弘を焼く火が激しくなった。ゴオォォォォォォ〜っ、と眞弘の腰まで火が回る。

しかし、眞弘は華やかな美貌《びぼう》を歪《ゆが》めつつ、掠れた声で言い返した。

「……おい、そもそも、それもこれもすべての元凶はクソ親父《おやじ》、キサマだぜ」

……え、クソ親父？

クソ親父って言ったのか。

父親？

閻魔大王が父親なのか、と晴斗は顔を真っ赤にした閻魔大王を見上げた。美麗な秘書官は大きな溜め息をついている。

「わしに向かってクソ親父とはどういうことぞ。父上と呼ばぬか。呼べぬなら、閻魔大王と呼べい」

「地獄に落ちた楊貴妃に手を出して孕《はら》ませたクソ男」

「……そ、そちは……そちは火責めでは生温《なまぬる》い。無間地獄に突き落とす」

閻魔大王が高らかに宣言するや否や、背後に想像を絶する地獄が広がった。

あれが無間地獄。

ローマ帝国のネロやヘリオガバルスやカラカラ、ナチスドイツのヒトラーやソビエト連邦のスターリン、ウガンダのアミンなど、歴史に名を残した暴君たちが無間地獄で悶《もだ》え苦《くる》しんでいる。

あまりの凄絶さに、晴斗は立っていられなくなった。膝から崩れ落ちるが、美麗な秘書官に支えられる。

……あ、眞弘が無間地獄に叩き落とされる。

駄目だ。

眞弘が無間地獄に叩き落とされるなら僕も行く。

ついて行く、と晴斗が手を伸ばした瞬間。

牡丹《ぼたん》さながらの華やかな美女が泣きながら走ってきた。綺麗に結い上げられた髪には精巧な髪飾りと牡丹が飾られ、耳には翡翠《ひすい》と黄水晶の耳飾りが揺れている。中国の唐《とう》時代でよく見られた華やかな襦裙《じゅくん》姿だ。

「閻魔大王様、わらわの息子をどうなさるおつもりですか？」

「……あ、玉環《ぎょくかん》や。後でな」

玉環、と閻魔大王が呼んだ美女は、無間地獄に叩き落とされかけた眞弘を抱き締めた。

世界三大美女のひとりである唐の楊貴妃だと、晴斗は説明されなくても一目でわかる。圧倒的な美貌に目が眩《くら》みそうだ。傾国の美女を見た後では、眞弘の関係で偶然目にしたハリウッドの美人女優やスーパーモデルが素人に思える。

「わらわは閻魔大王様のお情けを頂き、息子を産むことができました。わらわの霊魂より大切な息子でございます。それもこれも閻魔大王様にお情けを頂いたからでございます」

楊貴妃は半分焼かれた息子を抱き締めたまま、落涙で頬を濡《ぬ》らした。一瞬にして、周りの空気が変わる。

「……あ～っ……う～っ……」

閻魔大王の表情や声音は瀕死《ひんし》の重病人より苦しそうだ。それまでの大王然とした威厳は微塵《みじん》もない。

……二重人格じゃないよな、と晴斗はあまりの閻魔大王の意気消沈ぶりに疑ってしまう。

「息子を無間地獄に落とすなら、わらわも一緒に落としてくださいませ」

楊貴妃がどれだけ息子を愛しているか、確かめるまでもない。本気で息子とともに無間地獄に落ちる気だ。

「……あ……う……」

「生前、どの御世も、わらわは子を望みましたが、とうとう子を得られませんでした。この子は閻魔大王様のおかげでようやく授かりました。わらわにとってこの子がどのような存在か、口にせずともご存じかと思います」

「……あ」

「閻魔大王様、お情けを……」

閻魔大王は美しすぎる愛妾《あいしょう》の涙に屈した。左右に侍る小姓たちや容姿端麗な書記官、

ズラリと並ぶ鬼たちもそれぞれ目で合図を飛ばし合う。

閻魔大王が渋面で手を上げた瞬間、眞弘の身体は元通りになった。楊貴妃が愛《いと》しそうに頬ずりをする。母と子というより、絶世の美男美女のカップルだ。

「今まで何度、ドラ息子を許したかのぅ。これでは示しがつかん」

閻魔大王が苦虫を噛《か》み潰《つぶ》したような顔で言うと、眞弘は美しすぎる母親に抱き締められたまま堂々と反論した。

「クソ親父、示しがつかないのはキサマの顔だろう」

「減らず口を叩きよって」

「さっさと俺と晴斗を転生させろ。今度こそ、忌々しい制約をつけるな」

こいつは俺が押し倒さなきゃ進まねぇ、と眞弘は険しい形相で続けた。楊貴妃は伏し目がちに溜め息をつく。

「じゃから、毎回、なんの罪も問わず、転生させられんのじゃ」

「いいから、さっさと転生させろ」

「ドラ息子、このままでは転生させられん。任務を果たせーっ」

閻魔大王が忌々しそうに大声で言い放った。

その瞬間、晴斗の景色が変わった。

4

ほんの一瞬で、眞弘《まひろ》がセカンドルームとして使っていた青山の高級マンションの一室だ。バカラのシャンデリアも凝った細工が施されたキャビネットも幻の名酒が並ぶホームバーも黒い革張りのソファも見覚えがある。

閻魔大王《えんまだいおう》も楊貴妃《ようきひ》も八大地獄も前世も過去世も嘘《うそ》だったのか。

晴斗《はると》は瞬きする間もなかったが、自分を抱き締めている眞弘の存在が真実だと告げていた。夢でも妄想でもなく現実だ。

「晴斗、俺が好きなくせにあの態度はなんだ。お前はいつも意地を張りすぎる」

眞弘の第一声に対し、晴斗は思い切り仰《の》け反《ぞ》った。

「眞弘、それじゃない」

「俺はあのクソ親父《おやじ》のせいで、お前を抱くことができなかった。もし、お前を抱いたらその場で絶命するようになっていたんだ」

眞弘の目はいつになく血走っているし、晴斗の身体《からだ》を拘束する腕の力も凄《すさ》まじい。積年の情熱が迸《ほとばし》るような激しさだ。

「……い、いろいろと聞きたいことがありすぎて、何から聞いたらいいのか……まず、交通事故で死ぬ前に、眞弘には閻魔大王の息子だっていう記憶はあったのか？」

三軒隣の家で誕生したのは必然だったのか、ベビーシッターに抱かれている頃から閻魔大王の息子だという意識があったのか、どんなに記憶を手繰ってもそうは思えないが、あの傲岸《ごうがん》不遜《ふそん》な性格は閻魔大王の息子だという自覚があったからなのか、晴斗の思考回路は無茶苦茶に作動した。

「あった」

眞弘にあっさり答えられ、晴斗は上体を大きく揺らした。

「あったのか？」

「ガキの頃は何も覚えていなかったが、十三ぐらいで思いだした。一言でも明かせば絶命するとわかっていたから黙っているしかなかった」

眞弘はなんでもないことのように明かしたが、晴斗は驚愕《きょうがく》で瞬きを繰り返す。もっとも、納得してしまう。

「……あったのか……それであの態度……」

思い返せば、眞弘は十三歳ぐらいから態度がひどくなった。あれは下僕扱いではなく独占欲だったのか。

「人は皆、すべての記憶を抜かれて転生する。稀《まれ》に覚えている奴《やつ》もいるみたいだけどな」

「僕は思いだせない」

輪廻転生《りんねてんしょう》の中、何度も眞弘と巡《めぐ》り逢《あ》って同じような悲劇を迎えたと聞いたが、いっさい覚えていない。ひとつ前の人生、つまり前世が明治時代の没落士族の息子だということは明確になったが、どんな生い立ちでどのような青春を送ったのか、まったく記憶がなかった。

「思いださなくてもいい」

「なぜ？」

「前世やら過去世やら覚えている奴は、イカれている奴だと思え」

「……じゃ、眞弘もイカれているのか？」

「……おい」

「閻魔大王の息子は別格？」

晴斗は確かめるように尋ねたが、眞弘から返事はなかった。傲然たるプリンスから激烈な葛藤《かっとう》が漲《みなぎ》る。

「お前は俺のもの」

それだけ覚えていればいい、と眞弘に抱き締め直された。ぎゅっ、と息ができないくらいの力で。二度と離さない、と。

「……ひどい暴君だな」

文句を言ったつもりだが、自分でも信じられないような上ずった声だ。胸の鼓動が苦しいぐらい速くなる。自分の顔が真っ赤だと、晴斗は鏡を見なくてもわかった。

「お前だって俺が好きなくせに」

傲慢《ごうまん》な男の声がこれ以上ないというくらい甘く響いた。心なしか、周囲の空気も甘いような気がする。

「眞弘がひどい暴君すぎて、僕は自分が奴隷にしか思えない……奴隷として扱われているとしか思えなかった……」

「お前は俺の愛の奴隷だ」

「……ひどい」

晴斗の口を塞《ふさ》ぐように、眞弘の唇が近づいてきた。

キスだ。

角度を変えてもう一度、そっと触れる。

……否、その瞬間、なんとも言い難い冷気が漂ってきた。一瞬にして極寒地獄に放り込まれたような錯覚に陥る。

「……そろそろ、よろしいか?」

いつの間にいたのか、セーブルの大きな飾り花瓶の前で閻魔大王の美麗な秘書官が冷酷な目で立っている。背後には赤鬼に青鬼に黒鬼など、剛強な鬼たちが控えていた。それぞれ、金棒を握っている。眞弘が暮らしていた高級マンションのリビングルームにひしめき合っているから滑稽《こっけい》だ。

「クソ親父の腰巾着《こしぎんちゃく》がなんの用だ？」

眞弘は顔色ひとつ変えず、晴斗を抱き締めた体勢で睨《にら》み返《かえ》した。

「若様、少しは言葉をお慎みなされ。いくら愛妾《あいしょう》が産んだ息子でも限度がございます。これ以上、閻魔大王様を挑発せずに」

若様、と呼ぶ秘書官の陰を含んだイントネーションが独特だ。ベランダから様子を窺《うかが》っている青龍の髭《ひげ》も大きく動いた。

「諸悪の根源は楊貴妃を強姦《ごうかん》したクソ親父だ」

「晴斗殿と引き裂かれたくなければ、もう少し言動をお控えなされ」

「事実だ。事実を言って何が悪い。醜女として生まれて穏やかな人生を送りたい、っていう楊貴妃の願いをクソ親父は無視して自分の妾《めかけ》にしたんだ」

眞弘の口から飛びだした閻魔大王の過去に一驚したのは晴斗だけだ。秘書官は狼狽《ろうばい》せず、風か何かのように無視した。

「若様、今から任務を伝えます。よくお聞きあれ」

「任務？」

「森蘭丸《もりらんまる》が豊臣秀吉《とよとみひでよし》、当時の名は羽柴《はしば》秀吉……」

秘書官の言葉を遮るように、眞弘はつまらなそうに言い放った。

「……あぁ、信長《のぶなが》の男色相手と猿」

「……森蘭丸が羽柴秀吉を恨むあまり、ずっと追い続けています。秀吉の裏切りが原因とはいえ、何度転生しても命を狙《ねら》うのは終わらせたい。蘭丸を捕獲し、閻魔大王様の元に連行するように」

スッ、と秘書官は森蘭丸の詳細が記された書面を差しだした。梵字《ぼんじ》が施された書面からは奇っ怪なオーラが漂っていた。

……え、森蘭丸と羽柴秀吉ってあの戦国時代の蘭丸と秀吉のことだよな？

森蘭丸は織田《おだ》信長に目をかけられていた小姓だし、秀吉は百姓の出自ながら取り立てられ、とうとう太閤《たいこう》まで成り上がった。

蘭丸は明智光秀《あけちみつひで》の謀反によって、信長と一緒に本能寺《ほんのうじ》で死んだはず。

その時、秀吉は備中高松城《びっちゅうたかまつじょう》で毛利《もうり》方の清水宗治《しみずむねはる》を攻めていたのに、急遽《きゅうきょ》毛利方と和睦《わぼく》して、有名な『中国大返し』で戻って、光秀を討ったんだよな。

光秀討伐で信長の跡目争いに有利になったんだ。

どうして、蘭丸が秀吉に恨み？

蘭丸が恨むなら謀反人の明智光秀じゃないのか？

本能寺の変といえば、日本史最大のミステリーだ。

光秀謀反の黒幕説はたくさんあったよな。

主犯存在説には羽柴秀吉実行犯説に徳川家康《とくがわいえやす》主犯・伊賀《いが》忍者実行犯説があったはず、と晴斗の脳裏に群雄割拠の戦国時代絵巻が過《よぎ》る。

今川義元《いまがわよしもと》を桶狭間《おけはざま》で討ち、戦国最強と謳《うた》われた甲斐《かい》の武田信玄《たけだしんげん》が没し、織田信長は天下布武を掲げ、天下統一に乗りだした。信長という風雲児だからこそ、英傑たちが競い合う天下を手中に収めることができたのだろう。

あの時、確かに、信長は天下を握った。……握ったに等しかった。

けれども、頂点に立った瞬間、家臣の明智光秀の謀反によって散ったのだ。

信長は、革新的な手腕もさることながら、残虐な沙汰《さた》も多く、各方面から深く恨まれていた。光秀単独犯説のほか、主犯存在説や黒幕存在説、黒幕複数説など、高名な歴史学者たちが解き明かそうと躍起になっているが、今でも本能寺の変は謎《なぞ》に包まれている。

晴斗の指導教授は黒幕説を唱えていたが、陰で光秀を操っていたのは朝廷だの、近衛前久《このえさきひさ》だの、四国の長宗我部《ちょうそかべ》だの、堺《さかい》商人だの、千利休《せんのりきゅう》だの、正室の帰蝶《きちょう》だの、徳川家康だの、羽柴秀吉だの、黒田官兵衛《くろだかんべえ》だの、毛利輝元《てるもと》や小早川隆景《こばやかわたかかげ》だの、室町幕府最後の将軍だの、イエズス会だの、一向衆《いっこうしゅう》だの、高野山《こうやさん》だの、伊賀忍者だの、雑賀《さいか》一族だの、挙げれば切りがない。

そもそも、そういった時代だったが、ほかに類を見ない信長の波乱の人生は、陰惨な裏切りに満ちている。実弟にも家臣にも義弟にも裏切られ続けているのだ。どの裏切りも成敗したが、唯一、失敗したのが光秀の裏切りだった。どうして光秀が謀反に成功したのか、という一点に絞って研究している歴史学者もいたはずだ。

「……あぁ、あれ？　光秀の謀反で信長が死んだことになっているけれど、あれは秀吉の裏切りだったんだよな。軍師の黒田官兵衛だったか？　それで蘭丸が恨んで、未《いま》だに秀吉を追い続けているのか。しつこい奴だぜ」

眞弘が呆《あき》れたように鼻で笑うと、秘書官の端整な顔が歪《ゆが》んだ。

どの世でもどの地でも、歴史は勝者のものである。当時の秀吉は主君の仇討《あだう》ちのために死に物狂いで光秀と戦った。……が、真実は違うのか。

眞弘が知っているから晴斗はさらに驚いたが、全精力を傾けて耳を澄ませた。学者を目指した魂が疼《うず》く。

「若様には森蘭丸をしつこい奴だと詰《なじ》る資格はござりませぬ」

貴公の晴斗殿への想《おも》いのしつこさに比べたらほんに可愛《かわい》い、と秘書官は言外に匂《にお》わせている。同意するように赤鬼や青鬼が金棒を振った。

「それで？」

「転生した秀吉を殺させてはなりません。復讐《ふくしゅう》を果たせば、森蘭丸を罰しなければならなくなる。どうか、明後日《あさって》までに森蘭丸を発見し、連れてきてください」

どんな惨《むご》い目に遭わされても、復讐を果たしたら罪になるらしい。どうやら、閻魔大王は森蘭丸を哀れみ、罪を犯させたくないようだ。

本能寺の変からどれくらいの時が経《た》った、と晴斗は時代を超えても残る恨みに気が遠くなる。

「明後日？」

眞弘は差し迫った期日に頬《ほお》を引《ひ》き攣《つ》らせた。

「おそらく、明日、明後日に森蘭丸は転生した羽柴秀吉を見つけてしまうでしょう。その前に捕獲してください」

「森蘭丸はどこにいる？」

「国内にいることは確かです」

「……おい、死神たちでも発見できないのか？」

眞弘は形のいい眉《まゆ》を顰《ひそ》め、物凄《ものすご》い速さで書面に目を通す。周りの空気が変わったのは気のせいではない。

「左様でございます」

「追っ手のプロの死神連中が発見できない奴を捜せと言うのか？」

眞弘が華やかな美貌《びぼう》を歪めると、秘書官は大きな溜《た》め息《いき》をついた。

「おそらく、蘭丸は誰かに取り憑《と》き、自身の存在を隠しているのだと思われます」

死後、人は肉体を持たない。結果、生きている人間に取り憑《つ》くのだろう。晴斗はそのように秘書官の言葉から理解した。

「それがわかっているのに発見できない？」

眞弘が怪訝《けげん》な顔で尋ねると、秘書官は淡々とした調子で答えた。

「誰かを完全に支配しているとなれば、死神は死神だけに発見することが難しいのかもしれません」

死神という畏怖《いふ》すべき追跡のプロも万能ではないらしい。晴斗はなんとなく死神について把握した。閻魔大王の息子に役目が回ってきた理由も納得する。

「どうやって捜せばいいんだ？」

眞弘の至極当然の質問を、秘書官は凄艶《せいえん》な微笑で流した。

「猶予は今日と明日」

「無理だ」

「明後日までには」

「無理だってわかるよな」

眞弘が険しい顔つきで言うと、秘書官は閻魔大王の右腕の顔で応じた。

「明後日までに森蘭丸を捕獲できない場合、若様に下された刑が執行されます。心してかかられよ」

「手がかりを寄越せ」

「こちらがすべてです」

秘書官の視線の先は、蘭丸と秀吉について記された書面だ。現代日本に転生した秀吉の姿もある。

……え、嘘だろう？

芳紀《よしのり》が転生した豊臣秀吉だったなんて、と晴斗はざっと目を通した資料で顎《あご》を外しかけた。

芳紀は名家の令息だが、成績も容姿もそこそこだし、運動神経はお世辞にもいいと言えなかった。草履取りから関白まで成り上がった戦国の覇者の生まれ変わりとは、どんなに妄想力を働かせても思えない。

「これだけかよ」

「健闘を祈る」

美麗な秘書官は言うだけ言うと、風のように去ってしまった。背後に控えていた頑強な鬼たちにしてもそうだ。

ふっ、と蘭丸と秀吉について記された書面が塵《ちり》となって消えた。

これらはほんの一瞬の出来事で、晴斗は声を上げる間もなかった。まさしく、一陣の風が去ったかのような。

「……ったく、厄介な問題を押しつけやがって……」

眞弘の珍しく苦り切った顔から、晴斗は前途多難を読み取る。同時に閻魔大王の思惑が見え隠れした。

「眞弘、もしかして、最初から無理だとわかり切っている任務を押しつけられた?」

晴斗が掠《かす》れた声で聞くと、眞弘は仏頂面で肯定した。

「……あぁ、死神軍団が発見できない奴を見つけるのは無理だ」

「……そ、そんな」

晴斗の前に無間地獄に続く氷の闇《やみ》が広がった。

「俺たちも逃げるか」

グイッ、と眞弘に強く抱き寄せられた。

「……え?」

「俺はお前がいればいい」

眞弘は器を持たない霊魂のままでも、晴斗がいればそれでいいらしい。切れ長の目は情熱的な愛を雄弁に語っている。

「僕は逃げ回る日々はいやだ」

逃亡は精神が磨《す》り減《へ》るだろう。晴斗の潔癖な性格ではどうしたって耐えられそうになかった。

「お前の性格ならそうだな」

ふっ、と眞弘はシニカルに微笑《ほほえ》む。珍しく、高圧的な暴君は自分の意見を通そうとしなかった。

「……見つけよう。森蘭丸……信長を守り切れなかった後悔にずっと苦しんでいるんだ。可哀相《かわいそう》だ……芳紀もいい奴だから可哀相だ」

芳紀の前世や過去世がどうであれ、晴斗にとってはかけがえのない親友だ。なんとしてでも助けてやりたい。

「芳紀は殺してもいい」

「どうして？」

晴斗が驚愕で目を瞠《みは》ると、眞弘は悪鬼の如《ごと》き形相で吐き捨てるように答えた。

「お前に触った」

「……触った？……友人だ、肩を組んだりしたけど……もしかして、妬《や》いているのか？」

はっ、と晴斗が気づいて指摘すると、眞弘は誤魔化すように話題を変えた。

「……じゃ、やるか」

面倒だな、という眞弘の気持ちがひしひしと伝わってくる。人捜しならぬ霊魂捜しなど、やりたくないのだろう。

「うん」

「お前と堂々と一緒にいるためにやるさ」

「うん」

「じゃあ、俺が好きだ、って言え」

眞弘に真摯《しんし》な目で貫かれ、晴斗は下肢を震わせた。

「……え？」

「早く、言え」

……このっ、僕に言わせるな。

言わなきゃ駄目なのはそっちだろう、と晴斗は心の中でそっと呟《つぶや》く。

今まで何度も同じ過ちを繰り返したと聞いた。その最大の原因は眞弘の言動の悪さにほかならない。ここで甘やかしたら元《もと》の木阿弥《もくあみ》。

「……眞弘が言えよ」

「お前が言え」

「まず、眞弘が言うべきことだろう」

一瞬、ふたりの間に沈黙が走った。

どこからともなく救急車やパトカーのサイレンが聞こえてくるが、防音はきっちりと効いているはずだから、晴斗の脳内で何かが響いているのかもしれない。実際、心臓の鼓動が速くなった。

「……このっ……もう、いいか……」

眞弘の口が何か言いかけたが止まる。

「……眞弘？」

眞弘の薄い唇がキスを求めて近づいてくる。

恥ずかしかったけれど、逃げたりしなかった。晴斗は破裂しそうな心臓を押さえ、そのキスを受ける。

時間がない。

こんな場合ではないが今だけ。

傲岸不遜な暴君のキスがあまりにも甘かったから。

いつまでもキスに酔いしれている場合ではない。キスの余韻でぼうっ、としているのは晴斗だが、眞弘も確実におかしい。

「……も、もう……駄目……」

晴斗は全精力を傾けて、眞弘の逞《たくま》しい胸から逃れようとした。けれども、有無を言わせぬ力で引き戻される。

「……晴斗、もう少し……」

ぎゅっ、と凄まじい力で抱き締められ、晴斗の鼓動がますます速くなった。

「……時間がない……ないし……あ、あれ？」

晴斗は今さらながらに自分と眞弘の身体に違和感を抱いた。肉体を失っているはずなのに透けていない。フローリングの床や白い壁の感触は確かだ。人としての肉体を持っているような気がする。

「どうした？」

眞弘が不可解そうな顔をした時、来客を知らせるインターホンが鳴り響いた。続いて、電話台の電話も鳴りだす。

眞弘はようやく晴斗の身体を離すと立ち上がり、モニター画面で訪問者を確認した。そのまま、電話に応対し、早口のフランス語で何やら話し込む。晴斗はフランス語だということはわかるが、会話内容はまったく理解できない。

通話自体は一分もなかったと思うが、受話器を置いた後の眞弘の表情はやけにきつかった。

「……眞弘？」

晴斗がか細い声で尋ねると、眞弘は渋面で答えた。

「電話はオフクロからだ。エントランスにいる顧問弁護士は追い返してもらう」

「……オフクロさんに顧問弁護士？　……え？　眞弘の葬式で泣いていたけど……ぇぇ？　どうなっているんだ？」

眞弘の通夜や葬式であったことは、すべて鮮明に覚えている。晴斗は通夜も葬式も芳紀と一緒に参列した。通夜では眞弘の母親と晴斗の母親が抱き合って哭《こく》していたのだ。晴斗の弟や父はかける言葉がなかったという。

「俺の事故前……事故前日だ」

眞弘はチェストにあった電子時計や自分のスマートフォンを確認した。さらにテレビの電源も入れる。

「事故の前日？」

晴斗はテレビ画面に映った比叡山延暦寺《ひえいざんえんりゃくじ》の焼き討ちシーンに衝撃を受けた。眞弘の事故死を聞く前日に放映された特別番組だ。信長の非道のひとつとしてクローズアップされていた。

「事故の前日に戻っている」

あのクソ親父、と眞弘は腹立たしそうに舌打ちをする。閻魔大王は時の流れを戻すこともできるのか。

「……じゃ、僕は今日と明日は休み、明後日から予備校の講師の仕事？」

晴斗が実生活を思いだすと、眞弘は憎々しげに言い放った。

「それは辞めろ。俺が手を打って、辞めさせるつもりだった」

一瞬、居丈高な貴公子が何を言ったのか理解できず、晴斗は惚《ほう》けた顔で聞き返した。

「……え？」

「クソ親父、やることが汚《きたね》ぇ」

眞弘は実父である閻魔大王に対する怒りを爆発させるが、晴斗には何がなんだかわからなかった。

「どういうことだ？」

「蘭丸を止めるしかねぇ、ってことさ」

眞弘は悔しそうに言うと、慣れた手つきでスマートフォンを操作した。

「僕にわかるように言ってほしい」

「お前は俺だけ見ていろ」

「誤魔化すのはやめてくれ」

晴斗が金切り声を上げた時、再びインターホンが鳴り響いた。眞弘は無視せず、素早い動作で応対した。

「……ああ、今週中に晴斗を退職させてくれ……そうだな。そこまで追い詰めなくてもいい。要は晴斗を辞めさせればいいんだ……あぁ、ポストに投函《とうかん》しておいてくれ」

眞弘は話し終えると、何事もなかったかのようにホームバーに進み、ドン・ペリニヨンのロゼの栓を軽快な音とともに開けた。バカラのシャンペングラスに注ぐ。

「……眞弘、今のは誰だ？　どういうことだ？」

晴斗は荒い語気で尋ねつつ、差しだされたシャンペンを拒んだ。アルコールに弱いとわかっているのに、ことあるごとに勧める。下戸にとってはいやがらせ以外の何物でもなかった。

「俺が個人的に雇った弁護士だ。一身上の都合でお前は退職する。いいな」

眞弘は声高に言ってから、ふたり分のシャンペンを飲み干した。まるで勝利の美酒を味わうかのような風情だ。

「……っ……横暴」

晴斗が真っ赤な顔で憤慨しても、眞弘はいっさい動じない。今までと同じような目で見下ろした。

「お前は俺のものになったんだ。いつも俺のそばにいろ」

今までと同じというより、今まで以上にひどいかもしれない。桁外《けたはず》れの独占欲を剝《む》きだしにされ、晴斗は名のつけられない大きな怒りが込み上げる。……否、怒りが込み上げないから困惑した。愛されているという想いが怒りを削《そ》いでいるのだろう。

「……こ、この……この……僕にも僕の生活があるし、僕の考えがある。僕の世界もあるんだ」

晴斗がやっとのことで言い返すと、眞弘に抱き締められた。

「お前の生活は俺が見る」

眞弘の言葉が嘘ではないとわかるだけに、狂逸な恐怖に駆られる。晴斗の男としてのプライドが激しく疼いた。

「いい」

「今までどれだけ我慢したと思っているんだ」

眞弘が拗《す》ねるように晴斗の肩に顔を埋《うず》めた。

「僕も男なんだよ」

「知っている」

ドサッ、とフローリングの床に物凄い力で押し倒された拍子に、眞弘の熱くなっている股間《こかん》に触れてしまう。

「……ぎゃっ……」

思い詰めた目でのしかかってくる男の分身は、ジバンシィの新作越しでも明確にわかるぐらい滾《たぎ》っていた。

「その反応はなんだ」

宝石のような目で咎《とが》められ、反射的に晴斗は喉《のど》を鳴らした。

「……っ……」

「ずっと抱きたかった。仕方がねぇだろ」

ブチッブチッブチッ、と大きな手によって身につけていた白いシャツのボタンが引きちぎられ、ズボンのベルトも外されてしまう。当然のようにファスナーも下げられ、晴斗は冷水を浴びせられたような気がした。耳には下された任務がこびりついている。

「……ちょ、ちょっと待て……それどころじゃないから……」

晴斗は懸命に腕を振り回したが、眞弘にはなんの効果もなかったようだ。いつになく血走った目には狂気が滲《にじ》んでいる。

「どれだけ、俺を焦《じ》らしたと思っている？」

「……そ、そんなの……」

「もう我慢できない」

乱暴な手つきで、ズボンごと下着を剝《は》ぎ取《と》られてしまう。明るい光の下、靴下だけ履いているからかえって卑猥《ひわい》だ。

「……あっ」

「抱いてくれ、って言え」

眞弘に貫くような目で見つめられ、晴斗は気圧《けお》されてしまった。命じられるがまま、舌は動かないし、動かそうとも思えない。それでも、拒絶する気も起こらない。だが、拒まなければならないことは間違いない。奇っ怪な感情が入り混じり、晴斗の思考回路はショート寸前だ。

「抱いていいよな？」

カプッ、と胸の飾りを煽《あお》るように噛《か》まれ、晴斗の身体が震えた。

「……そ、そんな場合じゃない」

「お前を抱かないと俺がヤバい」

華やかな美貌に言葉では形容できない闇が走る。晴斗のほっそりとした身体を押さえつけていた手足の力も増した。

「……え？」

「ずっと惚《ほ》れていたんだ」

わかれ、と高慢な美神が苦しそうに続けた。十年や二十年どころではない激情が迸る想いだ。

「……あ……それはわかっているから……」

……どうしよう、嬉《うれ》しい。

馬鹿《ばか》、流されている場合じゃない。

流されている場合じゃないけれど、眞弘に対する愛《いと》しさが込み上げてくる。

俺サマ気質の傲慢野郎にこんな目をさせているんだ、と晴斗の深淵《しんえん》で甘く切ない感情の嵐《あらし》が吹き荒れる。

反発していたが、憎んではいなかったし、恨んでもいなかった。変わってしまったのは幼馴染《おさななじ》みだと思っていた。

けれど、本心ではずっと大きな背中を追いかけていた。

眞弘以上に心を動かした相手はひとりもいない。

好きだった。

心の底では好きだったんだ、と晴斗も改めて認めてしまえば身体に伝わってしまう。男の身体は正直だ。

「お前も勃《た》った」

眞弘の勝利宣言に等しい言葉に、晴斗の耳まで赤く染まった。嘘がつけない男の身体が恨めしい。

「言うなっ」

触られてもいないのに、鎮まれ、落ち着け……ああ、蛇に蛙《かえる》に蜥蜴《とかげ》、と晴斗は苦手な生物を脳裏に浮かべた。

……が、所詮《しょせん》、無駄なあがきだ。

「やった」

満足そうに微笑みながら眞弘に分身を握られ、晴斗の顔から火が噴きだした。全身、焼かれているように熱い。

「……そ、そんな、言い方……」

「浮かれているんだ。仕方がないだろ」

眞弘は堂々と言い放ったが、晴斗は呆気《あっけ》に取られてしまう。長いつき合いだが、幼馴染みの口からこういったセリフが飛びだしたことは一度もない。

「……う、浮かれている？」

「このまま結婚式を挙げる」

眞弘が本気だとわかるだけに恐ろしい。眼底に眞弘の両親が永遠の愛を誓ったというパリの教会が過るから焦燥感は増す。

「……そ、そんなの、無理に決まっている」

「真面目《まじめ》なお前に合わせて結納《ゆいのう》からか？」

「そうじゃない」

「……くそっ、可愛いな」

ガバッ、と眞弘に凄まじい勢いで覆《おお》い被《かぶ》さられ、晴斗はあられもない体勢で固定された。

「……うわっ」

い。

「限界」

絶世の美男子の股間では、凶器じみた肉塊が反り立っている。晴斗は恐怖心しか抱かない。

「……ま、まさか、それ……」

「暴れるな」

「……そ、そ、そんな、大きいのは無理だっ」

「怖がる顔も可愛いな」

「……やっ」

積年の想いをぶつけられるかのような激しさに晴斗は翻弄《ほんろう》された。身も心も魂も砕け散ってしまう。

苦しいのに甘い。甘いのに苦しい。

切ないのに恋しい。恋しいのに切ない。

いったいどの時代から想われていたのだろう。楊貴妃が産んだ息子だから、唐《とう》時代より後だと推測できるが、それにしても令和の現代まで長すぎる。現世、こうやって想いが通じ合ったのは偶然なのか、必然なのか、閻魔大王の気まぐれか、情けか、定かではないが、お互いが感じるお互いの身体の熱さは確かだ。

5

抱き上げられて、ベッドに運ばれたことは覚えている。ベッドの中でも甘く囁《ささや》かれ、身体中《からだじゅう》にキスされたことはわかっていた。

夢か現実か区別できない時間が流れていたのだが。

眞弘《まひろ》の腕枕《うでまくら》で意識を取り戻した時、すでに日付が変わっていた。呆気《あっけ》なくも淫《みだ》らに貴重な一日が終わってしまったのだ。

晴斗《はると》は目眩《めまい》を覚えたが、眞弘はのほほんとしている。朝の挨拶《あいさつ》とばかり、唇に優しいキスを落とした。

「眠り姫、ようやくお目覚めか」

白馬に乗った王子様がキスで目覚めさせる相手は淑《しと》やかな姫君と相場が決まっているが、晴斗にはそんな言葉遊びにつき合っている余裕もなかった。

「……眞弘、どうして起こさなかった？」

「よく寝ていたから」

「あっという間に日が過ぎた」

晴斗は改めて電子時計で時間を確かめ、背筋が凍りついた。いったいどれくらい寝ていたのか、自分でも信じられない睡眠時間だ。夢想だにしていなかった出来事の連続で、心身ともに疲弊していたのは間違いない。

「メシを食いに行くか」

チュッ、と頰《ほお》にキスをされたが、晴斗の心はまったく晴れない。こうしている間にも時は流れている。

「そんな暇があると思うか？」

「腹が減った」

いつの間に飲んだのか定かではないが、ベルギー産の缶ビールの空き缶が何本も床に転がっている。

「どうして、そんなにのんびりしているんだ？」

「焦っても仕方がないだろ」

眞弘の落ち着き払った態度に一縷《いちる》の望みを見いだした。曲がりなりにも閻魔大王《えんまだいおう》の息子ならば、何か摑《つか》んでいるのかもしれない。

「……あ、もしかして、森蘭丸《もりらんまる》の居場所に心当たりがあるのか？」

「ない」

眞弘にきっぱりと否定され、晴斗の頬はヒクヒクと引き攣《つ》った。

「心当たりがないのに、そんなにのんびりしているのか？」

曇り空の今日、眞弘は志摩《しま》の別荘に行く途中、交通事故で亡くなった。志摩では雷混じりの激しい雨が降っていたという。

「死神でも発見できない奴《やつ》を見つけるのは無理だ」

宥《なだ》めるように頭を撫《な》でられ、晴斗は大きな溜《た》め息《いき》をついた。

「……じゃあ、どうするんだ？」

「俺はお前がいればいい」

傲岸不遜《ごうがんふそん》なプリンスの情熱的な愛の言葉に、晴斗の心と腫《は》れた秘部が疼《うず》いた。愛《いと》しさが込み上げるが流されたりはしない。

「肉体がなくてもいいのか？」

意外なくらい眞弘の腕枕が心地いい。これから何度もこの腕枕で朝を迎えたい。そんな気持ちが口から飛びだしそうになるが、すんでのところで思《おも》い留《とど》まった。一言でも告げたら、押し倒されるに決まっている。

「ヤるには身体がいるな」

眞弘にしたり顔で言われた瞬間、晴斗の頬が薔薇色《ばらいろ》に染まった。

「……うっ」

「ヤるためにもなんとかするか」

「……そ、その……とりあえず、起きる……うぅ？」

晴斗は起き上がろうとしたが、下半身が思うように動かなかった。腰にまったく力が入らないのだ。

「どうした？」

「……う……重い……痛い……股関節《こかんせつ》も痛い……」

腰に鉛をつけられたというか、腰をコンクリートで固められたというか、未《いま》だかつてない腰の怠《だる》さに脂汗が滲《にじ》む。絶不調の原因は調べるまでもなくわかっていた。

「全部、挿《い》れなかったぜ」

眞弘の言葉によって浅ましい自分を思いだし、晴斗は目を吊《つ》り上《あ》げて叫んだ。

「……っ、言うなーっ」

「我慢してやったのに」

泣きじゃくって可愛《かわい》かった、と眞弘は暗に匂《にお》わせている。身体から発散する男性フェロモンが異様だ。

「……ひ、ひどい……」

「ひどいのはお前だ」

「……こんなに苦しいなんて思わなかった」

晴斗が初体験について零《こぼ》すと、眞弘の手が際どいところに伸びてきた。

「次は全部、挿れる」

「無理」

晴斗は切羽詰まった気持ちを込めて、不埒《ふらち》な動きをした大きな手を抓《つね》る。あの大きさは拷問用の凶器だ。

「お前が変に力まなきゃ挿《はい》る」

「絶対に無理だ」

「慣れたらよくなる」

眞弘に自信たっぷりに断言され、晴斗は名のつけられない感情に苛《さいな》まれる。視線と意識を天井に注いだ。

「……な、慣れるまでするのか？」

慣れるっていつだ？

何回したら慣れるんだ、と晴斗は斬首刑を宣告されたような気分だ。愛しいはずの男が首斬り役人と重なった。

「当たり前だろ」

二度と逃がさないからな、と眞弘に耳元で囁かれ、晴斗は天井を眺めたまま掠《かす》れた声で言った。

「……なら、蘭丸を止めよう……見つけて止めないと……」

晴斗が全力を振り絞り、ベッドから下りようとした。

……が、顔から床に落ちそうになる。

間一髪、眞弘の腕によって支えられた。

「大丈夫か？」

「……大丈夫じゃないけれど行く」

晴斗は強靭《きょうじん》な腕に縋《すが》りながら声高に宣言した。背中にも重石《おもし》を背負っているような感じだが、寝込んでいるわけにはいかない。

「意地っ張り」

「眞弘がそれを言うか……この責任の所在は……」

晴斗が文句を言いかけたが、眞弘は荒い語気で遮った。

「あのさ、朝のキスぐらいしたらどうだ？」

想定外の要望を聞き、晴斗は目を丸くした。

「……え？　朝のキス？」

「お前も俺に惚《ほ》れているんだろう。キスぐらいしろ」

眞弘がキスを求めて目を閉じ、薄い唇を近づけてくる。晴斗の身体を支えている腕の力もなおいっそう増した。

「……あ」

反射的に晴斗は顎《あご》を引き、キスを拒んでいた。傲慢《ごうまん》な幼馴染《おさななじ》みとの関係が変わったと身も心も理解したはずなのに。

「……おい」

眞弘に険しい顔つきで睨《にら》まれ、晴斗は視線を逸《そ》らした。

「……そ、その……」

「さっさとしろ」

お前からキスしろ、とばかりに眞弘は伏し目がちに唇を突きだす。数多《あまた》の美女に言い寄られた遊び人に見えない。晴斗が知る在りし日の幼馴染みだ。恋しい心が疼くが、晴斗の身体は動かなかった。……否、動けなかった。

「……恥ずかしい」

知《し》らず識《し》らずのうちに、晴斗は本心を吐露していた。

一瞬、ふたりの間に沈黙が走る。

双方、命のないブロンズ像のように微動だにしない。

電話台に置かれていた電話の呼び出し音が鳴り響いた瞬間、眞弘が腹立たしそうに溜め息をついた。

「……可愛い、って思う俺が馬鹿《ばか》だ」

この野郎、と眞弘の目は今にも襲いかかりそうなくらい狂気じみている。獰猛《どうもう》な野獣さながらの迫力だ。

「……う、ごめん……」

思わず、晴斗はか細い声で詫《わ》びていた。

「キス」

謝罪しても、キスは免除されない。すでに傲慢なプリンスの中で朝の挨拶はキスと決まっているようだ。

「……う……うぅ……電話に出ろよ」

「セールスだ。無視」

「……うぅ……」

そんな季節ではないのに、晴斗の額や首の後ろからだらだらと汗が噴きだす。掌《てのひら》も汗でびっしょりだ。

「触れるだけでいいから」

「……ん……」

晴斗は意を決し、目を瞑《つぶ》ったまま唇を近づけた。ほかでもない、キスを待ち侘《まわ》びている尊大な美神の唇に。

チユ。

触れた瞬間、離れる。

たったそれだけなのに晴斗の全身が火照り、全身から脂汗がさらに噴きだした。呼吸が乱れ、胸が苦しい。

「……まさか、今のはキスか？」

「……そ、そうだよ」

「……アウト」

眞弘は独り言のように呟《つぶや》くと、晴斗の身体をシーツの波間に沈めた。そのうえ、長い手足を絡ませる。

「……っ……眞弘、何をする？」

「触るだけ」

「そんな時間はないだろう」

ペチペチッ、と晴斗は近づく眞弘の頰を平手打ちした。力を込めたくても込められないもどかしさは考えない。

「どうせ、歩けないだろう」

眞弘に煽《あお》るようにそっと耳元に囁かれ、晴斗は振り切るように首を小刻みに振った。歩けないことはない。ただ、腰に力が入らないだけだ。

「……な、なんとか、歩く」

「生まれたての鹿《しか》より危ない」

眞弘の表現がシュールすぎたが、晴斗は落ち着いて聞き返した。

「芳紀《よしのり》が蘭丸に殺されたらどうする？」

「芳紀はまだ生きている」

「……え？　芳紀の状況を把握しているのか？」

晴斗が驚愕《きょうがく》で目を瞠《みは》ると、眞弘は馬鹿らしそうに鼻でふっ、と笑った。

「よく考えろよ。死神が見つけられなかった蘭丸を俺たちが見つけられるはずがない。どうせ、蘭丸が狙《ねら》うのは秀吉《ひでよし》の生まれ変わりの芳紀だ。芳紀をマークすればいい」

確かに、眞弘の考えには一理ある。結局、森蘭丸が戦乱の世から狙っているのは秀吉だ。ターゲットのそばにいれば、蘭丸が出現するだろう。恨みを晴らす前、止めればいいのだ。

「……ああ、そうか……って、じゃあ、芳紀のそばにいないと危険だろう」

今日、芳紀は予備校で授業を持っている日だ。浪人生相手の午前中の授業は恐ろしいぐらい疲弊すると愚痴っていた。タイミングがいいというか、何かの力が働いたのか、今日、晴斗は特別授業も入っていない休日だった。

「芳紀はマークさせている」

「誰に？」

閻魔大王の息子なら鬼とか、龍とか、角の生えた馬とか、そういった類《たぐ》いの生き物を使役できるのかと単純に思った。何せ、晴斗の瞼《まぶた》には冥府《めいふ》の光景が焼きついて離れない。実際、このマンションにも鬼が現れたのだからなおさらだ。

晴斗の心情が伝わったらしく、眞弘は軽く口元を緩めた。そんな面倒な手を使うか、とばかりに。

「お前が寝ている間に調査会社に依頼した」

「調査会社？」

晴斗は拍子抜けしたが納得もしてしまう。白鷺家《しらさぎけ》の令息ならば信用できる調査会社を使えるはずだ。

「何かあったら連絡が入る」

「何かあったらじゃ遅いだろう」

「何もないのに動いても無駄」

「時間がない。今から芳紀のそばにいよう」

「お前は二度と芳紀に近づくな」

ガシッ、と物凄《ものすご》い力で顎を摑まれ、晴斗はありったけの根性を込めて撥《は》ねのけた。度を越した独占欲はタチが悪い。

「妬《や》く必要はない」

「それだけじゃねぇ」

「妬いているのでなければなんだ？」

正直に認めればまだ可愛いのに、と晴斗は胸底で文句を零《こぼ》した。……否、嫉妬心《しっとしん》が嬉《うれ》しいと思ってしまう自分自身を叱責《しっせき》する。

「お前と芳紀が一緒にいたらロクなことにならない」

「……呆《あき》れた。僕は芳紀がいたから引きこもりにならなかったんだ」

「くだらねぇ。お前が俺のそばにいないから悪いんだろ」

「君のそばにいたから悲惨だったんだ。まだわからないのか？」

想《おも》いが通じ合ったと思ったのは錯覚だったのかもしれない。

暫《しばら》くの間、キングサイズのベッドの中で押し問答が続いた。傍らにある椅子《いす》に置かれた眞弘のスマートフォンには、芳紀をマークしている調査会社から連絡が入っているという。今のところ、なんの異変もないそうだ。

もっとも、悠長なことはしていられない。

晴斗は肌をすり寄せる眞弘を宥め、重苦しい腰を騙《だま》し、やっとのことでベッドから下りた。わがままな幼馴染みへの愛しさが募るだけに、なんとしてでも任務を果たしたい。処刑は回避させる、と。

眞弘が空腹を訴えたし、晴斗も料理が苦手なので服を借り、食事をするためにマンションを後にする。晴斗は芳紀がいる予備校近くのファミリーレストランに行きたかったが、眞弘はマンションと同じ通りにある会員制のレストランに進んだ。肩を抱かれているので、晴斗は拒む間もなかったのだ。

スタッフが宇宙人だったから、晴斗は低い悲鳴を上げた。

「……うっ」

なんのことはない、宇宙人に扮《ふん》したスタッフだ。宇宙船をイメージしたという店内は遊び心に溢《あふ》れ、晴斗は驚嘆してしまう。妖《あや》しく光る床で吠《ほ》えているロボットの虎《とら》や豹《ひょう》、七色の大木で鳴くロボットの鷹《たか》には目を奪われた。

宇宙人のスタッフに案内された個室の窓の向こう側には宇宙が広がっている。映像だとわかっているが、その精巧さに晴斗は興奮した。

「……うわ、あれは薔薇星雲《ばらせいうん》だな？」

「晴斗、先にオーダー」

「そうだな」

オーダーといっても、すでに宇宙人のスタッフはいない。個室内も遠い未来を連想させる造りで、メタリックなテーブルに設置されたパネルを操作してオーダーや精算をするのだ。

「晴斗、ちゃんと食え」

「……高いよな？」

メニューに値段は記されていないが、どんなに楽観的に考えても、会員制レストランの料理がリーズナブルだとは思えない。

「奢《おご》るから食え。意地を張るな」

「……意地って」

「お前はいつも意地を張って、俺に奢らせなかった。さっさと選べ」

資産家の息子と破産者の息子の小遣いの差は比べるまでもない。

「……う、宇宙食はいやだ」

メニューには宇宙食があって興味が引かれるが、空腹にも拘《かか》わらず食指が動かない。土星をイメージしたというオムレツや金星をイメージしたというキッシュのほうがずっと美味《おい》しそうだ。

「俺も食おうとは思わない」

「火星の味噌汁《みそしる》がいい」

「じゃ、アンドロメダ星雲の仔牛《こうし》のカツレツと、水星のステーキパイと、天王星のフライドチキン」

ネーミングから晴斗も興味をそそられるが、眞弘の肉料理三連発に思わず苦言を呈してしまう。晴斗の耳には身体が資本の実弟と実母の注意が叩《たた》き込《こ》まれていた。

「肉ばかり？」

「海王星のフライドポテト」

「フライドポテトは野菜料理じゃないって、眞弘のお母さんも言っているよな」

「文句があるならお前も選べ」

「ふたりならそれで充分だ」

肉料理三品にフライドポテトに味噌汁、ふたりでも食べ切れないかもしれない。残りそうなら眞弘の胃に頼る。

「おい、これは俺ひとり分だ」

眞弘に吐き捨てるように言われ、晴斗は度肝を抜かれた。

「ひとりで食べる気なのか？」

「……そういや、ふたりでメシを食うのも久しぶりだったよな。お前、俺がどれだけ食うか、忘れたのか？」

俺のことを忘れやがって、と眞弘のブランデーを垂らしたような目に苛烈《かれつ》な怒気が灯《とも》る。

「……あ、そうだ。僕の二倍から三倍は食べた」

実弟が同じ血をわけた兄弟と思えないぐらいよく食べるが、眞弘も麗しい容姿から想像できないぐらいの健啖家《けんたんか》だ。ワインやシャンペンを飲みながら、三人分のフルコースを平らげていた記憶が蘇《よみがえ》る。

「俺のことは忘れるな」

「お母さんの教育で君のマナーが完璧《かんぺき》なのも覚えている。なのに、お母さんへの反発でわざと汚く食べたことも知っている」

「ウザい」

「可愛い反抗期だったよな」

幼馴染みの反抗期は、海を渡ってきたパリジェンヌをジャンヌ・ダルクに変えた。眞弘が母親似だと再確認したものだ。

「お前は反抗期がなかったな」

「うちはそれどころじゃなかった。知っているだろう」

晴斗が思春期を迎えた頃から、父親の会社の業績が悪化しだしたのだ。苦悶《くもん》に歪《ゆが》む父母の顔は思い出として霞《かす》まない。

「お前の親父《おやじ》にビジネスは無理だ」

晴斗の父親は息子の目から見ても優しくて真面目《まじめ》だ。しかし、その人として好ましい資質は経営者には向かない。

「正直、僕もそう思うんだけどな」

晴斗は苦笑を漏らしつつ、メニューを選んだ。眞弘がパネルを操作すれば、すぐにシャンペンとイタリア産のチーズやオリーブが運ばれてくる。

ふたりきりで乾杯だ。

長いつき合いだが、ふたりだけで乾杯は初めてかもしれない。宇宙船の個室にシャンペンのフルーティーな香りが漂う。

眞弘に真っ直《まっす》ぐな目で見つめられ、晴斗は動転して窓の向こう側を眺めた。

「おい」

「……乾杯……僕は飲めないけど、乾杯だけ」

晴斗は薔薇星雲を見つめたまま、シャンペングラスを差しだした。カツン、と上手《うま》く鳴らしたのに。

「それはなんだ」

どんな表情をしているか、晴斗は確かめなくてもわかる。少年時代ならば鉄拳《てっけん》が飛んできたかもしれない。

「薔薇星雲が綺麗《きれい》だ」

「乾杯だろ」

「うん」

「俺とお前のこれからに乾杯」

愛の国の血を半分引いているだけあって、こういう時、人を人とも思わない男も言葉を惜しまない。

けれど、今までに蓄積されたあれこれや諸々《もろもろ》で晴斗は応じることができなかった。照れくさくてたまらないのだ。

「うん」

「俺を見ろ」

「……恥ずかしいんだ」

わかれよ、と晴斗は首まで赤くして白状した。

食事の場だというのに、抱き合った時が目の前を過《よぎ》る。澄ましているイケメンが野獣のように求めてきた姿を思いだすだけで身体が火照った。おそらく、宇宙船という演出された非現実な空間にふたりきりでいるからいけない。これがファミリーレストランや大衆的な居酒屋だったら、平然と乾杯できたはずだ。子供の泣き声や酔っぱらいのダミ声が恋しい。

「……乾杯で？」

「……もう、いいだろ。チーズでもオリーブでも食べろよ」

晴斗はアンドロメダ星雲を一心不乱に眺めつつ、月をイメージしたというチーズとオリーブの盛り合わせを眞弘の前に押した。

「俺を意識しすぎて恥ずかしいのか？」

「……そ、そんなに嬉しそうに言うな」

「お前、可愛いな」

眞弘にボソリと呟かれ、晴斗の羞恥心《しゅうちしん》が増した。

「煩《うるさ》い」

晴斗が憎々しげに凄《すご》んだ時、宇宙人に扮したスタッフがオーダーした料理を運んできたから助かった。眞弘も空腹だったから、黙々とふたりで料理を平らげる。器やカトラリーも凝っているが、料理自体も絶品だ。晴斗が選んだブラックホールのサラダは季節の有機野菜や魚介類をふんだんに使ったサラダにイカスミのドレッシングがかけられ、意外なくらい美味しかった。

「晴斗、鳥の餌《えさ》が美味《うま》いか？」

「鳥の餌じゃない。イカスミのドレッシングって初めて食べたけど美味しい」

「よかったな」

「……あ、小惑星のハンバーグも美味しい」

「俺はどこが小惑星なのかわからない」

「たぶん、この丸いハンバーグと……」

晴斗が真剣な顔で瑠璃色《るりいろ》の陶磁器に盛りつけられた料理を解釈しようとした時、個室の自動ドアが開いた。

宇宙人に扮したスタッフだと思ったが、思いがけない人物が立っていた。晴斗の二番めの彼女であり、眞弘の遊び相手のひとりだった香里奈《かりな》だ。足下にロボットの兎《うさぎ》がいるから、彼女も会員だったらしい。

「眞弘くん、少しだけでいいの。話を聞いて」

香里奈は女王然とした態度で個室に入室したが、ロボットの兎はドアの前で待機している。もちろん、晴斗は一瞥《いちべつ》だにしない。

「香里奈、失《う》せろ」

眞弘はこれ以上ないというくらい冷徹な目で香里奈を睨んだ。今にも手にしているシャンペングラスの中をブチ撒《ま》けそうだ。

「お願い」

「ウザい」

眞弘は忌々しそうに言うと、シャンペングラスを香里奈に放り投げようとした。

「やめろっ」

間一髪、晴斗が慌てて阻む。眞弘の手からシャンペングラスを奪い、テーブルの端に置いた。DV男ではないと思っているが、激情型なので爆発したら何をするかわからない。

「……ウザい、って眞弘くんの口癖だけど、晴斗と一緒にいるのはウザくないの？」

香里奈が指で差した先には晴斗がいる。ネイルアートが施された長い爪《つめ》が目に刺さりそうな勢いだから反射的に身を引いた。

「消えろ」

「消えるのはダサ男じゃない？」

気を利かせて帰ってよ、と香里奈に般若《はんにゃ》の顔で凄まれ、晴斗は腰を浮かせかけた。香里奈に関わりたくないのは確かだ。

「二度と晴斗に近づくな」

埒《らち》が明かないと悟ったらしく、眞弘はパネルでスタッフを呼びだす。言わずもがな、香里奈を引き取らせるためだ。

「……まるで晴斗に恋でもしているみたいね」

香里奈に下卑た目つきで指摘されても、眞弘は泰然と受け答えた。

「そう思え」

「眞弘くんと晴斗はホモだったの？」

「そう言いふらせ」

眞弘が冷酷な目で顎を杓《しゃく》ると、宇宙人に扮した女性スタッフは香里奈を背後から摑み、引き摺《ひず》るようにして移動させた。それでも、香里奈は髪の毛を振り乱して拒絶し、眞弘に食い下がろうとする。

ポーン、と香里奈の履いていた赤いハイヒールがテーブルの下に飛んできた。プライドの高い女性が我を忘れて取り乱す様は見ていられない。女性スタッフも宇宙人というスタンスを忘れ、縋るような視線を投げてくる。これでは自動ドアを閉めるに閉められない。

「……眞弘、いくらなんでも……もうちょっと……」

晴斗が青ざめた顔で注意しようとしたが、眞弘は鋭く細めた目で指を差した。

「よく見ろ」

眞弘の指先は暴れる香里奈の背中だが、これといって何もない。身体のラインを強調するようなワンピースを身につけ、眞弘の母親が愛用しているゲランの香水を漂わせていた。藻掻《もが》くたびにプラチナとルビーのネックレスやブレスレットが派手に揺れる。

「……え？」

「お前は視《み》えたほうがいいな」

なんの前触れもなく、眞弘に指の腹で眉間《みけん》を強く押され、晴斗は火傷《やけど》したような激痛に呻《うめ》いた。

「……い、痛ーっ？」

この痛みはいったいなんだ、と晴斗は自分の手で守るように眉間を押さえた。もっとも、外傷は何もないはずだ。

「晴斗、集中して視ろ」

眞弘に神妙な面持ちで言われ、晴斗は暴れる香里奈の背中に視線を留《と》めた。そうして、自分の目を疑った。

香里奈の背中に般若が取り憑《つ》いていたから。

「……は、般若？」

ガタッ、と晴斗は衝撃のあまり、椅子からずり落《お》ちそうになったが、すんでのところで踏み留まる。

「お前には般若に視えるのか」

閻魔大王の息子の言葉に、晴斗は思いあたった。冷静に香里奈の背中に張りついている人ならざるものを意識する。

自分自身、一度死んで肉体を失ったからなんとなくわかった。

「……幽霊？」

「女の浮遊霊だ。俺が捨てた後、拾ったみたいだな」

眞弘が冷然と言った時、ようやく自動ドアが閉まった。もはや、どんなに香里奈が大騒ぎしても声は聞こえてこない。

「香里奈が浮遊霊を拾ったのか？」

「浮遊霊と波長が合ったんだろ。それで取り憑かれたのさ。馬鹿な女だ」

眞弘の言葉を聞いていると、脳内に泣きじゃくる香里奈が浮かんだ。初めて夢中になった男にゴミのように捨てられ、悲嘆に暮れている。その嘆きに吸い寄せられたのは縁結びの神ではなく浮遊霊だ。

『あんたも私と同じように不幸になれ』

その瞬間、般若の如《ごと》き浮遊霊は香里奈に取り憑いた。

どうしてこんなことを想像したのか。……否、想像したというより視せられたような気がする。

「……そ、それ……香里奈が眞弘に弄《もてあそ》ばれて捨てられて落ち込んだから浮遊霊と波長が合った？」

晴斗が感じ取ったままに言うと、眞弘は憎々しげに口元を緩めた。

「やけに刺々《とげとげ》しいな」

「そうだろ。眞弘に捨てられなきゃ、浮遊霊に取り憑かれることもなかったよな」

「ああいう妬《ねた》み女は浮遊霊に取り憑かれやすいぜ」

眞弘は馬鹿らしそうに断言してから、仔牛のカツレツをナイフで切った。トロリと三種類のチーズが流れだす。

「香里奈は妬み癖が強かったのか？」

「お前、気づかなかったのか？」

眞弘はよほど驚いたらしく、ナイフとフォークを手にしたまま声を張り上げた。呼応するように、周りの空気の流れも変わる。

「僕とつき合う前もつき合っている時も、妬み癖が強いと思わなかった」

「お前はどこまで鈍いんだ」

眞弘は呆れたように肩を竦《すく》めたが、晴斗は構っていられなかった。押さえられた眉間が気になる。

「それより、今、僕に何をした？」

「今後のため、お前も視えるようにした」

……視えるようにしたかったんだけどな、と眞弘は悔しそうにフライドチキンに向かって呟いた。自分の力不足に落胆する王子に見えないこともない。

「浮遊霊を視えるようにしたのか？」

「地縛霊も悪霊も怨霊《おんりょう》も生霊《いきりょう》も視えるようにしたかったが……視えるか？」

第三の目、と眞弘は自分の眉間を指で差した。

「眞弘のそばには何も視えない」

「それならそれでいいさ」

「何かいるのか？」

晴斗が緊張気味に周りを見渡すと、眞弘はフォークで勢いよくフライドチキンを刺した。

「……さぁ？」

「眞弘は全部、視えるのか？」

今まで眞弘はそういった目に見えないものに関し、言及したことは一度もなかった。母親同士やクラスの女子生徒など、占いやスピリチュアル系の会話をしていたら軽蔑《けいべつ》していたフシもある。

「今回、一度死んでからだいぶ視えるようになった。今まではこんなには視えなかったんだ」

閻魔大王の息子からなんとも言い難《がた》い葛藤《かっとう》が発散され、晴斗は紙ナプキンを手に身を乗りだした。

「ひょっとして、眞弘も視えるから戸惑っているのか？」

「……閻魔のクソジジイに会って、生き返ったから、俺もお前も一皮剝《む》けた……みたいなものなのかな……」

気の強い幼馴染みは天と地が消滅しても弱音を吐いたりはしない。ただ、巷《ちまた》の小者のように強がったりもしない。

「眞弘も戸惑っているんだ」

「ビビってはいねぇ」

「それはわかっている」

晴斗が宥めるように肯定した時、冷気を感じて振り返った。空調は適切な温度に保たれているし、自動ドアも閉められたままだ。

なのに、いつの間にか、晴斗の前に白い着物姿の女性がいる。人ならざるものだと、確かめるまでもない。

霊魂だ、と。

「あなたは私の声が聞こえますね？　私が視えますね？」

一瞬、何を言われたのかわからず、晴斗は息を呑《の》んだ。どんな力が作動しているのか不明だが、微動だにできない。

「私の息子をいじめて自殺に追い込んだ男たちの行方を教えてください」

白い着物姿の霊魂は握り締めていた週刊誌の記事を差しだした。それが合図なのか、何かの力が働いたのか、晴斗の視界にいじめを苦に自殺した中学生の事件のあらましがざっと浮かぶ。

「……え？」

「私の息子をよってたかってみんなでいじめて……あれはいじめなどというものではありません。いじり、でもありません。暴力事件なのに学校も教育委員会も知事も家庭の責任として処理しました」

白い着物姿の霊魂が示したいじめ事件には覚えがあった。そのいじめの内容の惨《むご》さと対応の杜撰《ずさん》さに、晴斗は芳紀や予備校の講師陣たちとともに憤ったものだ。確か、いじめ被害者の実母が学校側の不当を訴えるため、抗議の自殺をしていた。顔は確認できないが、目の前にいる白い着物の女性なのだろうか。

「……あ、その……その事件……旦那《だんな》さんが友人の新聞記者の手を借りて公表して、学校側も教育委員会も知事も謝罪……とは言い難いですが、言い訳ばかり並べ立てましたが、社会的制裁は受けましたよ」

昨今、耳を疑うような残虐な事件は減るどころか増加する一方だ。もはや、いじめではなく暴行事件や窃盗事件であるが、学校側や教育委員会の隠蔽《いんぺい》工作も多発していた。自殺した生徒や家族は泣き寝入りだ。

けれども、SNSが発達した現代、打つ手は残されている。いじめ問題を取り扱っている教育評論家や弁護士など、世論を味方につけ、真相を白日の下に晒《さら》したのだ。自己弁護に長《た》けた学校関係者も教育委員会関係者も知事も退職に追い込まれた。いじめ加害者たちもプライベートをインターネット上に晒され、逃げるように転校を繰り返しているという。

「生温《なまぬる》い。正義の名の下、多種多様な暴力を振るう者も珍しくはない。

まだ生きている。私の息子が苦しんだだけ苦しまなければなりません。私は許せない。どこにいますか？」

白い着物姿の霊魂の問いに晴斗は言葉を詰まらせたが、眞弘はシャンペングラスを手に答えた。

「俺たちは知らない」

「知っている人を教えてください。あなたたちなら知っているでしょう」

「神田明神《かんだみょうじん》に行け」

眞弘はあっけらかんと言ってから、シャンペンを美味そうに飲み干した。

「神田明神に行けば教えてくれますか？」

「行けよ」

「ありがとうございました」

白い着物姿の幽霊は礼儀正しくお辞儀すると、煙のようにスッ、と消えた。ひんやりとしていた空気も一変する。

「……ま、ま、ま、ま、ま、ま、眞弘……今のは？」

晴斗が頓狂《とんきょう》な声を上げると、眞弘は思案顔で答えた。

「聞いての通り、息子を自殺で失って、抗議の自殺をした母親だ。息子をいじめた同級生、一連の関係者に取り憑いて殺す気だな」

眞弘は白い着物姿の幽霊の素性を摑むだけではなく、その目的まで察したらしい。納得したようにステーキパイを咀嚼《そしゃく》した。

「……え？　取り憑いて殺す？　息子の復讐《ふくしゅう》のため？」

「……あぁ、知事や学校関係者、教育委員会の関係者は取り憑いて殺している。いじめた同級生は転校を繰り返しているから追えなくなったんだ」

「……そういえば、誰かと誰かと誰かが事故で亡くなったとか、聞いたような気がするけれど、あれは亡くなった母親が取り憑いて殺したのか？」

芳紀や予備校の経営者が憤激し、折に触れて話題にしていたから、関係者のその後について耳にした記憶がある。隠蔽工作に励んだ関係者が交通事故で立て続けに亡くなっても同情できなかった。

「……ああ、あの母親は息子を救えなかった後悔が大きいのさ。自殺するまで息子が追い詰められていることに気づかなかった。自殺してから学校に乗り込んでも教育委員会に訴えても遅い」

「どうして、神田明神？」

晴斗が素朴な疑問を抱くと、眞弘はサラリと答えた。

「ここが江戸だから」

江戸の総鎮守といえば千代田区の神田明神だ。在りし日、桜の季節に晴斗と眞弘はお互いの家族とともにお参りした記憶がある。

「そんな理由で？」

「神にも仏にも怨霊にも縄張りがあるのさ」

「縄張りなら、一番近い神社じゃないのか？」

「ここから一番近い神社がどこか知らねぇ」

眞弘は胸を張って言い切ったが、晴斗にしても神社仏閣には詳しくない。そもそも、眞弘には信心深さの欠片《かけら》もなかった。遠い日、神社といえば遊び場だったのだ。

「いい加減だな」

「何かあったら神田明神に送り込め。それですむ」

「そうなのか？」

「お前も視えたんだな」

眞弘に今さらながらに指摘され、晴斗は大きな溜め息をついた。腰を抜かさなかった自分を褒めたい。

「びっくりした」

「お前の視えるものと視えないものの区別がつかない」

「……僕は何も視えないほうがいい……怖かった……正直、悲しかった……辛《つら》い……あの白い着物の幽霊……お母さんはどうなる？」

息子を自殺に追い込んだ者たちを許せない気持ちは痛いぐらいわかる。だが、自分もあのような姿になって取り憑き、復讐しようというのか。復讐を果たしたら、閻魔大王による裁きはどうなるのだろう。

「復讐を果たすまで上がらないさ」

いじめの加害者たちはみんな殺される、と眞弘はどこか遠い目で独り言のように呟いた。長い睫毛《まつげ》に縁取られたブランデー色の瞳《ひとみ》がゆらゆらと揺れている。

「復讐を果たしたらどうなる？」

「俺とお前には関係ない」

「……そ、そりゃ、そうだけど……」

「同情するな」

眞弘にきつい声音で言われ、晴斗は自戒の念を込めて頷《うなず》いた。高校時代、家庭が不幸なクラスメイトに同情して事件に巻き込まれた過去がある。

「……あぁ」

「お前が同情するからまた来た」

眞弘は腹立たしそうに言いながら、追加オーダーのパネルを操作した。なんとも形容し難い冷気が辺りに漂う。

「……え？　……あ？」

自動ドアをすり抜けてきたのは甚平姿の老人だった。その手には貯金通帳とキャッシュカードが握られている。

「……わしが視えるな？　わしを騙した奴を知らんかね？　わしは息子の一大事だと思って、言われた通りに銀行で金を引きだして、私服刑事に渡したらなぁ……」

甚平姿の老人の言葉を聞いていると、脳裏に劇場型詐欺の事件が浮かび上がった。息子を名乗る男だけでなく、私服刑事役や弁護士役など、数人がかりの巧妙な手口で騙されるケースだ。

「……あ、その……」

「わしがコツコツ貯《た》めていた葬式費用を騙し取られたと知ると、息子も嫁もわしを口汚く罵《ののし》った。毎日、朝から晩まで罵りよった。騙した奴より騙されたわしが悪いのか。そんなに騙されたわしが悪いのか」

甚平姿の老人は息子夫婦に詰《なじ》られ、我慢できずに首吊り自殺している。成仏することもせず、自分を騙した詐欺グループを探しているのだ。

「……あ、あなたは悪くありません。騙すほうと騙されるほうでは、圧倒的に騙すほうが悪い」

騙されるほうも悪い、騙されるのが悪いんだ、という風潮はあるが、晴斗は頬を紅潮させて力んだ。

「……わかってくれてありがとう……教えておくれ。わしを騙した奴はどこにおる？」

晴斗が答えられずに言い淀《いよど》むと、眞弘が明確な声音で口を挟んだ。

「神田明神に行け」

「……神田明神？　銭形平次《ぜにがたへいじ》の神田明神かい？」

「そうだ。神田明神に行け」

「そうかい。平次親分と縁のある神田明神なら教えてくれるかい。恩に着る」

甚平姿の老人は深々と腰を折ると、自動ドアに吸い込まれていった。おそらく、神田明神に向かったのだろう。

「……ま、ま、ま、眞弘？　ここは身元の確かな人じゃないと会員になれない店なんだろう」

晴斗は前々から風の噂《うわさ》で聞いていたが、芸能人や政治家など、遊び心を持つ錚々《そうそう》たるセレブが会員に名を連ねているレストランだ。店側が会員を厳しく吟味し、マスコミ関係者は入店させないという。スタッフへの教育も行き届き、仕事の交渉の場として使用されることも多いらしい。各地で問題視されている盗撮の危険性はないそうだ。いろいろな意味で安心できる空間のはずなのだが。

「霊魂相手にセキュリティシステムは作動しない」

「……そ、そりゃ、そうだろうけど……」

霊魂相手のセキュリティはお札か、何か……と、晴斗の思考回路が明後日《あさって》の方向に進みだした。

「お前が同情するから呼び寄せるんだ。同情するな」

「……僕が呼び寄せているのか？　眞弘じゃないのか？」

晴斗が怪訝《けげん》な顔で聞くと、眞弘は忌々しげにシャンペングラスをテーブルに叩きつけた。

「俺じゃない。お前だ」

「証拠は？」

「お前だからお前だ」

傲慢な王子らしいといえばらしいが、晴斗はあんぐりしてしまう。ポロリ、と口にしていたバターナッツを落とした。

「そんな理由で納得できると思うのか？」

「同情するな。優しいと人はつけあがる。霊も一緒だ」

相手を思って優しく接すれば、人は調子に乗って増長する。つまり、こちらを弱者と思って侮るのだ。無理難題を押しつけ、自尊心を削《そ》ぎ、果ては笑い物にする。それは晴斗自身、いやというぐらい知っていた。しかし、死後までそうなのだろうか。

「……あぁ、もうさっさと食事を終わらせて、芳紀のそばに行こう。何かあってからじゃ遅いから」

晴斗が言い終えるや否や、天井から白いワンピースに身を包んだ女性が下りてきた。ぞぞぞぞ、と晴斗に悪寒が走る。

「……お兄さん、私が視えるわね？　視えるんでしょう？　私の夫を奪って、私を殺した女がどこにいるか教えて」

「……ええ？」

「私の夫は泥棒猫に騙されているのよ。泥棒猫はズルいから夫を連れてどこかに引っ越したの。引っ越し先がわからないのよ。教えて」

白いワンピース姿の女性の背後から、セーラー服姿の高校生が現れた。さらに晴斗の背筋が凍る。

「お兄さん、やっと私が視えるお兄さんに巡《めぐ》り逢《あ》えた。お願い、私を電車のホームから突き落とした奴を捕まえて。私が自殺したと思って、お母さんとお父さんが心中《しんじゅう》しそうなの。早く」

セーラー服姿の高校生が言い終えた途端、テーブルの下からランドセルを背負った子供がひょっこりと顔を出した。

「……お兄ちゃん、僕を見つけて。ママとパパのところに連れて行って。ママとパパに会いたいの」

ランドセルを背負った子供の隣には日本髪を結った女性や十二単《じゅうにひとえ》の女性もいる。甲冑《かっちゅう》姿の武士が何人も現れ、あっという間に個室は人ならざるもので埋め尽くされた。

「……あ、あ、あの……皆さん、落ち着いて。これから授業を始めます。今日は……じゃないけど……ぼ、僕には……」

いったいこれはどうなっているんだ？

何をどうしたらいいんだ？

秀吉の生まれ変わりの芳紀を守らなければならないのに、どうしてこんなことになったんだ。

冷気のせいか気が遠くなる、と晴斗の思考能力が止まる前に意識を手放してしまった。

椅子から滑り落ちそうになる晴斗を支えたのは眞弘だ。集まった霊魂をすべて江戸の総鎮守に送り込んだなど、晴斗は知る由もない。

6

誰かが誰かと言い合っている。

夢だと思ったが、夢ではない。……が、重い瞼《まぶた》を開けてもすぐに下りる。身体《からだ》も動かすことができない。

それでも、誰がいるのかわかった。一目でも見たら忘れられない妖艶《ようえん》な美女がいる。憎たらしいのに恋心を自覚してしまった幼馴染《おさななじ》みもいる。楊貴妃《ようきひ》が眞弘《まひろ》の手を握り締め、優しく諭そうとしていたのだ。

「……わかってくれるまで繰り返しますわね。晴斗《はると》殿は熙子《ひろこ》殿と巡り逢《あ》って幸せな生涯を送ることができるでしょう。愛しているのならば見守ることも大切ですよ」

「帰れ」

眞弘は手を振り払ったが、楊貴妃は素早く抱きついた。

「吾子《あこ》、よくお聞きなされ。蘭丸《らんまる》殿を止めるのは無理です。吾子と晴斗殿が助かるためには、こうするしかありません」

「帰れよ」

「このまま吾子はわらわと一緒に父上のところに戻りましょう」

「いやだ」

眞弘はふてくされたが、楊貴妃を腕ずくで拒もうとはしない。

……眞弘と楊貴妃だよな、母と子はいったい何を言い合っているんだ、と晴斗は耳を澄ます。指一本、動かすことができないが聴力は正常だ。瞼も少しだけなら開けることができた。

「晴斗殿の幸せな生涯をお祈りしましょうね。吾子は来世で晴斗殿と結ばれたらいいわ」

楊貴妃が来世に言及すると、眞弘は威嚇するように床に転がっていたビールの空き缶を蹴《け》った。

「冗談はよせ」

「吾子、わらわの愛《いと》しい吾子よ、聞き入れてくださらないの?」

「こいつ、どれだけ待ったと思ってる?」

「吾子の一途《いちず》な愛にわらわは驚きました」

楊貴妃がどこか遠い目で溜《た》め息《いき》をつくと、眞弘は忌々しそうに言い放った。

「邪魔するな」

「邪魔するつもりはありませぬ。どの世も実るように祈りましたが実らず、胸が張り裂けるように辛《つら》かったわ」

「クソ親父《おやじ》が悪い」

「父上に反抗しても詮《せん》ないこと」

その態度がいけないの、とばかりに楊貴妃は眞弘の背中を宥《なだ》めるように摩《さす》った。世界三大美女のひとりも、息子の前では単なる母親に過ぎないらしい。

「信長《のぶなが》が呼べないなら帰れ」

眞弘の言葉を聞き、晴斗は驚愕《きょうがく》で声を上げそうになった。あの信長を呼ぼうとしているのか、と。

蘇《よみがえ》った瞬間、日本列島全土が焼き討ちされそうな気がしないでもない。

「信長殿は無理でございます」

「信長以外に蘭丸を止められそうな奴《やつ》がいるか？」

「おりませぬ。蘭丸殿の父上や母上、兄弟も無理です。全員、転生していますしね」

蘭丸の実父は信長の家督相続から尽力した忠臣であり、浅井長政《あざいながまさ》と朝倉義景《あさくらよしかげ》の大軍相手に奮戦したが、討ち死にしている。坊丸《ぼうまる》や力丸《りきまる》といった勇猛な弟たちも本能寺《ほんのうじ》の変で信長を守るために戦って死んだ。

……眞弘は蘭丸を止められそうな誰かを呼ぼうとしているんだな。

家族も秀吉《ひでよし》や光秀《みつひで》を恨まずに転生しているのに蘭丸だけつけ狙《ねら》っているのか。

それだけ蘭丸が信長に可愛《かわい》がられていたんだよな。

信長のほかに蘭丸を止められそうなのは……正室の濃姫《のうひめ》っていうか、帰蝶《きちょう》か、と晴斗は怠《だる》い身体を騙《だま》し、起き上がろうとした。もっとも、力が入らずに、シーツの波間でもたつく。

眞弘も同じ人物に思いあたったらしく、信長の正室の名を口にした。

「帰蝶は？」

「刻限が迫る前にわらわと一緒に父上にお願いしましょう。お願いはわらわがする故、吾子は何も口にする必要はありませぬ。わらわのそばにいるだけでいいの」

「……あ、晴斗が起きた。帰れ」

眞弘が険しい顔つきで言うと、楊貴妃は煙のように消えた。ほんの一瞬のことで痕跡《こんせき》は何もない。

だが、晴斗はベッドで上体を起こしながら尋ねた。

「眞弘、今のは楊貴妃？」

「夢でも見たのか？」

眞弘は白々しく惚《とぼ》けようとしたが無駄だ。晴斗の耳にはきっちりと楊貴妃の艶《つや》のある声が残っている。

「誤魔化すな。今のは夢じゃない……って、あれ？　どうして、僕はここにいるんだ？」

晴斗は今になって自分が眞弘のセカンドルームのベッドで寝ていたことに気づく。会員制のレストランで食事をしてから、芳紀《よしのり》のところに行く予定だった。そのまま、芳紀の護衛をするつもりだったのに。

「俺が運んだ」

「……え？　あ、急に眠くなったんだ」

会員制レストランで浮遊霊を張りつけた香里奈《かりな》に襲撃された後、女性の幽霊から老人の幽霊、甲冑《かっちゅう》姿の武士軍団にまで押し寄せられ、気が遠くなったのだ。以後、確かな記憶がない。

「霊魂……あれは怨霊《おんりょう》だ。怨霊と喋《しゃべ》ったから精力を吸い取られたんだろ。身体を守るために寝たんだ」

「今まで怨霊なんて視《み》えなかった。僕にいったい何をした？」

第三の目、と眞弘が言ったことは覚えている。眉間《みけん》に見えざるものが視える目を開いたとでもいうのだろうか。

「お前は視えても視えなくても取《と》り憑《つ》かれやすい。覚えておけ」

「ちゃんと説明してくれ」

「お前は馬鹿《ばか》すぎて、人にも怨霊にも神仏にも利用されやすい。忘れるな」

長いつき合いだから、眞弘に答える気がないのはわかる。何か、隠していることがあるのかもしれない。

「……じゃ、どうして僕は裸なんだ？」

晴斗は上半身だけでなく下半身も何も覆われていないことに気づいた。左右の胸には記憶にないキスマークが花弁のように散っている。

「自分で脱いだ」

「嘘《うそ》だ」

「味噌《みそ》臭かったから脱がせた」

眞弘に冷たい目で言われた通り、意識を失った後、晴斗は朧気《おぼろげ》ながらオーダーした味噌汁をこぼしたような覚えがある。確か、レッドパプリカがトッピングされ、バターとビーツ仕立ての西洋風味噌スープだった。あれは夢ではなかったのか。

「どうして、僕は……僕の身体がこんなに……その……なぜ、痛い？　昨日よりひどくなっている」

意識したくないが、どうしたって、ひりつくような秘部の痛みが無視できない。下腹部のそれとわかる紅《あか》い跡の数は増えていた。

「開通工事」

「寝ている間、僕に何をした？」

よくも、と晴斗は眦《まなじり》を吊《つ》り上《あ》げた。

しかし、眞弘は尊大な目で見下ろすように言い放った。

「俺が俺のものをどうしようと勝手だ……」

最後まで聞いていられず、晴斗は咄嗟《とっさ》に掴《つか》んだ枕《まくら》で眞弘に殴りかかった。ボスボスボスッ、と。

「眞弘と一緒にいると、僕がＤＶで逮捕されそうだ」

晴斗が肩で息をしながら枕を掴み直すと、眞弘は乱れた髪のまま泰然と答えた。

「安心しろ、訴えない」

「……よ、よくも……よくもそんなことを……あ、怒っている時間もない。芳紀は無事だな？」

晴斗はベッドの取りつけ棚にある電子時計を確認し、自分の目を疑った。昨日は起床時間も遅かったが、会員制レストランで食事をしただけで予備校の授業が終わっている。ただ、今夜、芳紀は特別の補講を受け持っていた。まだ予備校に残っているだろう。

「無事だ」

「よかった」

晴斗が安堵《あんど》の息を漏らすと、眞弘はフランス製のモダンスツールに置いていたスマートフォンを確認してからポツリと言った。

「今日だろ」

「タイムリミット……あ、風呂《ふろ》に入ってくる」

さしあたって、真っ先にしなければならないことは決まっている。晴斗は椅子《いす》にかけられていたバスタオルを手に取ると、早足でベッドルームを後にした。

「俺も」

当然とばかりに下心丸出しの男が追いかけてくるから、晴斗は振り返って思い切り睨《にら》み据えた。

「ついてくるな」

「心配だからついていてやる」

「そんな暇があるなら芳紀のそばに行ってくれ。後から追いかける」

「却下」

「蘭丸に復讐《ふくしゅう》させちゃ駄目だ。一刻も早く、止めないといけない」

「蘭丸を説得できるなんて考えていないよな?」

眞弘に神妙な面持ちで問われ、晴斗は胸騒ぎを覚えた。

「……止める。止めてくれ」

「甘い考えは捨てろよ」

「僕の考えが甘い?」

芳紀こと秀吉を殺す前に蘭丸を止める、僕ひとりでは無理だけど眞弘がいたら止められる、と晴斗は漠然と思っていた。

専門は中世だが、戦国時代も好きだったから膨大な論文に目を通している。辛口の学者にも意外なくらい蘭丸の評価は高いが、謎《なぞ》に包まれていることも知っていた。幼名も蘭丸が乱丸《らんまる》だの乱《らん》だの、諱《いみな》も長定《ながさだ》だの長康《ながやす》だの成利《なりとし》だの、名前からして定かではない。

「あぁ」

「蘭丸は、手のつけられない悪霊になっていると思う。消滅させるしかない。情をかけるな」

楊貴妃のオフクロに確かめた、と眞弘は言外に匂《にお》わせている。

だからこそ、楊貴妃は愛息を連れて帰ろうとしたのかもしれない。閻魔大王《えんまだいおう》の寵姫《ちょうき》は無理だと判断したのだ。

「……え？　復讐させるな、って指示されて……手のつけられない悪霊なんて言っていなかったよな？」

知らなかった事実に直面し、晴斗の前になんの救いもない残酷な闇《やみ》が広がった。

「だから、クソ親父のいやがらせだ」

「……そ、そんな……」

晴斗は闇夜にカラスを探す心境だが、こんなところで途方に暮れている場合ではない。男性フェロモンを発散する男を全力で振り切り、バスルームに飛び込んだ。明るいライトの下、肌に残るキスマークに赤面したのは言うまでもない。

眞弘がハンドルを握るシトロエンの新型で勤務先である予備校に向かう。晴斗は助手席で予備校メンバーのラインを確認した。今のところなんら問題はなく、順調に各授業が行われたらしい。

「……あ、眞弘、ここでいい。ありがとう」

車窓の向こう側に勤務先のビルを見つけ、晴斗は助手席で礼を言った。

「晴斗、乗り込むのか？」

「当たり前だ。芳紀の授業が終わったら一緒に出てくる。待っていてくれ」

芳紀の無事な姿を確認しない限り、晴斗は気が気でならない。どうにもいやな予感がするのだ。これは弟が勝利確実と期待されていた試合で、逆転負けした時と同じ予兆である。

「芳紀がおかしくなったら逃げろ」

「芳紀がおかしくなるのか？」

晴斗は背筋を凍らせながら、シートベルトを外した。その時、どうなるのか、想像しようとしても霧に包まれる。

「蘭丸が現れたらおかしくなる」

……と思うけどな、と眞弘は独り言のように続けた。おそらく、閻魔大王の息子も予測できないのだろう。

「僕は蘭丸が視えるのか？」

「……お前、あの電信柱の横でへたり込んでいる奴が視えるか？」

眞弘に横目で示された先は、背の高い雑居ビルの植え込みだ。スーツ姿の中年男性が蹲《うずくま》っている。誰かを待っているように思えるが、その目にはまったく生気がなかった。

「……え？　……あ、視える。サラリーマン？」

亡くなっている男だ、と晴斗は瞬時に判断した。死神の存在を知った後だから、こういった現世を彷徨《さまよ》う霊こそ、連れて行ってほしいと思ってしまう。

「お前、俺と一緒にいたら視えるのかな？」

「そうなのか？」

「予備校の中にも、うようよいるはずだ。取り憑かれないように注意しろ」

眞弘は八階建てのタイル張りのビルを意味深な目で差した。閻魔大王の息子は予備校の中がわかるのだろうか。それとも、傲慢《ごうまん》な王子らしい威嚇だろうか。

「……お、脅かそうとしても無駄だ」

晴斗が顔を引《ひ》き攣《つ》らせて言うと、眞弘は皮肉っぽく笑った。

に冷たい。

晴斗は改めて覚悟を決めると、素早い動作で助手席から下りた。頬《ほお》にあたる夜風がやけ

「……行くから」

「脅しじゃない」

「俺も行く」

「待っていてくれ。待っている約束だっただろう。その話し合いはすんだはずだ」

よくも悪くも絶世の美形は目立ちすぎる。芳紀とも関係があるからいくらでも理由はつけられるが、眞弘のような男を連れて行ったらどうなるか、晴斗は考えたくもない。

「何かあったらすぐ呼べ」

「わかっている」

晴斗は振り切るようにして早足で進む。

顔馴染みの警備員と挨拶《あいさつ》をして、スタッフ専用出入り口を通った。すでに特別補講も終わったらしく、三浪や四浪の学生がエレベーターから降りてきた。一浪や二浪の学生たちは階段から下りてくる。

一年でも浪人したら全国的に有名な大学に合格しないと許せないだの、なんとしてでも憧《あこが》れの大学に合格したいだの、モテるためにはあの大学だの、父や祖父の母校に合格しないと生きていけないだの、母の命令だの、何年も浪人を続ける理由は様々だ。

偏差値と本人の学習能力を見て、合格した大学に進んだほうが賢明だろうと思う浪人生が少なくない。だが、喉《のど》まで出かかっても言葉を呑《の》み込《こ》む。予備校とはそういうところではないからだ。

生徒たちと挨拶を交わしつつ、晴斗は足早に階段を上がった。

「……おや、晴斗先生？」

芳紀の伯父である経営者が、講師室から出てきた。子供好きが高じて予備校を開いたというが、世知辛い昨今では希有《けう》な正真正銘の紳士だ。老舗《しにせ》の紳士服店で仕立てたスーツをさりげなく着こなしている。

「お疲れ様です。芳紀先生に用がありまして」

「例の財務大臣から連絡が入って、芳紀先生が応対しています」

たぶん、経営者は出来のいい甥《おい》に押しつけて出てきたのだろう。今現在、鎌倉《かまくら》幕府と江戸幕府の違いが理解できない財務大臣の息子は講師陣の頭痛の種だ。どんなに講師陣がテクニックを駆使しても効果は見られない。

「……またですか？」

「息子さんの偏差値にご不満のご様子」

「息子さん、予備校をナンパ塾だと思い込んでいるから……今夜も予備校帰りにパーティでしょう？」

「……面目ない。私には休息が必要です」

経営者は逃げるように去ったが、晴斗は足音を立てないように入室した。案の定、芳紀が電話の前でお辞儀を繰り返している。

芳紀は無事だが、実際、無事ではなかった。晴斗を見た瞬間、縋《すが》るような目で手招きをする。

近づかないほうがいいと思いつつ、晴斗は引き寄せられるように距離を詰めた。ほかにスタッフはひとりもおらず、芳紀の涙混じりの声だけが響く。

「……その件に関しましては……うちはそういうことはいっさい関わっていません……あ、息子さんが慕っている講師に替わります。……はい、うちの役員です……あ、来年にも役員に……はい、はい……それでは……」

替わってくれ、と芳紀に決死の形相で受話器を耳に押しつけられ、晴斗は拒むことができなかった。

「……もしもし、お電話を替わりました」

晴斗は横目で芳紀を眺めて、受話器を握り直した。

『……あ〜っ、君だね。大宮学院《おおみやがくいん》大学史学部に次席で合格して次席で卒業した万年次席の講師だね。息子から万年二位の講師と聞いている。万年二位でもよい。三億、振り込むと言っておる。整えたまえ』

どんな表情を浮かべているのか不明だが、横柄な二世議員は真剣だろう。それ故、晴斗は受話器を落としそうになった。

「……は、はい？　三億円？」

『三億、用意したら大宮入学のルートを斡旋《あっせん》するのだろう。大宮ならばどの学部でもいい。息子は大宮の中等部受験で失敗しているから、大学はなんとしてでも入れたい』

財務大臣の口ぶりから、裏口入学の紹介を求めていることがわかった。有名私大に特別な繋《つな》がりを持つ予備校経営者や塾経営者がいるという。芳紀の伯父も各方面に顔が利くが、裏口入学を斡旋していると聞いたことはない。ただ、かつて先輩講師が裏口入学をちらつかせ、浪人生の父親から金を巻き上げた事件はあった。

「……裏口入学の斡旋はしていません」

『清水谷《しみずたに》は二億だが、大宮は三億だと聞いている。一億、上乗せするから手筈《てはず》を整えたまえ。現金がいいのだろう？』

名門私立の雄といえば、明治創立の清水谷学園大学と大宮学院大学が同率首位で挙がる。伝統のライバル校だが、昨今、庶民派の清水谷より富裕層派の大宮のほうが政財界には評判が高かった。何かあった時、清水谷ネットワークより大宮ネットワークのほうが金を集められるからだ。

「受験生……特に浪人生のお子さんをお持ちの親御さんには多くの怪情報が届きます。詐欺話が耳に届いたのでしょう。本気にしないでください」

これがこの国の財務大臣なのか、大丈夫なのか、どうしてこれで財務大臣をやっていられるんだ、と晴斗は情けなさでいっぱいになった。電話でこういった話をすること自体、危機管理能力の欠如を露呈している。政敵に売ったら一発でアウトだ。

『私を誰だと思っているのだね。厚生大臣の息子が三億積んで大宮に合格したと聞いたよ。蛇の道は蛇、上手《うま》く取りはからっておくれ』

「お断りします」

晴斗は電話を叩《たた》き切《き》りたかったが、なんとか落ち着いて言うことができた。ちょうど、巡回の警備員が回ってきたから、椅子でぐったりしている芳紀を連れ、さっさと出なければならない。

『……なんだと？』

「財務大臣のためにお断りします。息子さんのためにもうちのためにもお断りします」

『万年二位の講師では話にならないな。経営者を出せ』

「……直接、仰《おっしゃ》ってください。同じ返事だと思います。失礼しま……」

ガシャン、と晴斗は慌てて電話を切った。何せ、警備員が芳紀に向かってナイフを振り下ろそうとしていたから。

「やめろーっ」

晴斗が血相を変えて飛びかかると、警備員は素早く躱《かわ》した。間一髪、ナイフは芳紀から逸《そ》れる。

スッ、と芳紀の頬を掠《かす》めただけだ。

「……どけ」

警備員が体勢を立て直し、晴斗目がけてナイフを向ける。

「落ち着いてくださいーっ」

晴斗は芳紀を身体で庇《かば》ったまま、咄嗟に摑《かば》んだゴミ箱を放り投げた。ガツンッ、と警備員の顔面にあたった。

しかし、警備員になんのダメージも与えられなかったようだ。

「関係ない御仁、去れ。立ち去るがよい」

警備員の口から出た言葉に、晴斗は違和感を抱いた。声自体は勤勉な警備員のものだが、言葉遣いや雰囲気はまるで違う。

「……け、警備員さん？　……警備員さんじゃない？」

はっ、と晴斗は思いあたった。

「稀代《きたい》の裏切り者、許すまじ」

警備員はナイフを手に、晴斗が身を呈して守っている芳紀に迫った。怪異な迫力はこの世のものではない。

「……ま、まさか、蘭丸？　森《もり》蘭丸？」

晴斗が上ずった声で指摘すると、警備員は肯定するように目を細めた。無言で間合いを取っている。

警備員にしか見えないが、森蘭丸が取り憑いているのだろう。察するに、警備員の意識はない。

どうしたらいいんだ、と晴斗は今にも失神しそうな芳紀を抱え、ジリジリと後退《あとずさ》った。

けれど、無情にも壁だ。

もう逃げられない。

「真の逆賊め、悔い改めるがいい」

警備員が悪鬼の如《ごと》き形相でナイフを突き刺す。

グサリ。

……刺された？

刺されたと思ったが、晴斗も芳紀も刺されていない。

警備員のナイフは分厚い辞書に突き刺さっている。いつの間に忍び込んでいたのか、眞弘が机に積まれていた辞書で防御したのだ。

シュッシュッシュッ、と眞弘は二冊目、三冊目の辞書で警備員の手足を狙った。

これらはほんの一瞬の出来事であり、晴斗は声を上げる間もなかった。芳紀は魂のない人形のようにぐったりしている。

「晴斗、視えないのか？」

眞弘は警備員のナイフと応戦しながら、荒い語気で確かめるように言い放った。視えるだろう、とばかりに。

「……眞弘？」

晴斗が亡霊を見たような顔で言うと、眞弘の左右対称の目が吊り上がった。

「すぐ俺を呼べと言っただろう。お前はどうしてそう馬鹿なんだっ」

「……そ、そんな余裕がなかった」

「よく視ろ。俺がそばにいたら視えるはずだ」

眞弘に荒々しい声音で言われ、晴斗は二本目のナイフを取りだした警備員に視線を流した。頑強な若武者に羽交い締めにされている。周りには漆黒の炎が燃え盛り、魑《ち》魅《み》魍魎《もうりょう》の塊が騒いでいた。

つい先ほど、何もいなかったのにいる。

……否、つい先ほど、視えなかったのに視える。閻魔大王の息子が隣にいるから第三の目が開いたのだろうか。

「……え？　凄《すご》い逞《たくま》しいサムライが張りついている？」

晴斗が引き攣れた声で言うと、眞弘は不敵に微笑《ほほえ》んだ。

「……蘭丸？　蘭丸があんなに逞しい大男なのか？」

森蘭丸といえば名の通り、花のような美少年として伝わっている。

「森家の男たちはみんな、肉体派だぜ」

眞弘はまるで直《じか》に見たように言ったが、晴斗もそういった蘭丸説は見聞きしていた。父親は力自慢の豪傑だ。

「……あぁ、後世の人間が森蘭丸像を作ったのか」

信長の男色相手という史実や、若くして散ったという悲劇的要素により、蘭丸が見目麗しい中性的な小姓として想像され、定着してしまったのだろう。晴斗自身、そういった説は知っている。

「お前、そんなことを考えるなんて意外と余裕があるんだな」

「……余裕なんてあるはずがない」

「お前は手を出すな」

「どうするんだ？」

「死神を呼んだ」

眞弘が指を鳴らした途端、資料が収められたキャビネットから黒装束の死神が音もなく現れた。

蘭丸の顔つきが変わったことは間違いない。その視線は復讐相手ではなく大きなカマを持った死神に向けられた。

「眞弘、死神に任せればいいのか?」

晴斗が芳紀を抱えたまま聞くと、眞弘はパイプ椅子を手にした。

「任せるしかないだろ」

「警備員さんはただ単に取り憑かれただけだな?」

「たぶん」

眞弘はパイプ椅子を武器として使用するつもりだ。標的は蘭丸が取り憑いている警備員に違いない。

「警備員さんを助けてくれ。奥さんを亡くして、男手ひとつで子供を三人育てているお父さんだ」

椅子攻撃はやめてくれ、と晴斗が大慌てで頼むと、眞弘はパイプ椅子を構えた体勢で答えた。

「芳紀を蘭丸に渡したら、警備員から離れる」

「芳紀を蘭丸に渡したら殺されるだろ。絶対に駄目だ」

「芳紀も警備員も助けろ、ってほざくのか?」

眞弘は吐き捨てるように言うと、警備員に向かって椅子を投げようとした。それも頭部を狙っている。

「当たり前だ」

「無茶を言うな」

「無茶じゃない」

「死神に言え」

眞弘は物凄い剣幕で凄むと、シュッ、と椅子を警備員に投げた。

もっとも、晴斗の願いが届いたらしく頭部ではなく下肢だ。ガシャンッ、という耳障りな音とともに警備員がバランスを崩した。

すかさず、死神が警備員ごと蘭丸にカマを振り下ろす。

「死神さん、警護員さんを連れて行かないでください。いたいけな子供たちから優しい父親を奪わないでくださいーっ」

晴斗は金切り声で叫んだが、死神は警備員ごと蘭丸を背後に大きく開いた真っ黒な穴に放り込むつもりだ。

穴の行く先がどこか、確かめる必要はない。

「晴斗、無視されたな」

ふっ、と眞弘に鼻で笑い飛ばされ、晴斗の中の何かに火がついた。

「森蘭丸殿、貴殿が取り憑いている警備員さんは三人の子供の父親です。子供を悲しませないでください。ここで芳紀を殺したら、警備員さんが犯罪人になりますっ。歴史に名を刻んだ若武者はそんな無体はしないはずーっ」

晴斗の絶叫が蘭丸の耳に届いたのだろうか。

一瞬、蘭丸が取り憑いていた警備員の動きが止まった。

その隙《すき》を死神と眞弘が同時に左右から衝《つ》いた。

「蘭丸、信長が待っているから行けーっ」

信長の名を聞いた瞬間、蘭丸が大きく揺らいだ。その隙を狙って、死神が蘭丸を大きなカマで捕獲する。

スッ、と蘭丸と死神が煙とともに真っ黒な穴に消えた。

ほんの一瞬、呆気《あっけ》ない幕切れだ。

「……え？　いなくなった？」

晴斗が呆然《ぼうぜん》とした面持ちで零《こぼ》すと、警備員は苦しそうに呻《うめ》きながら床に崩れ落ちた。身体を曲げ、頭を手で押さえている。

「……う……ううう……う……」

「……警備員さん？　大丈夫ですか？」

晴斗は芳紀から手を離さず、優しく警備員に語りかけた。ゆっくりと目が開き、頬に赤みが増す。

「……うぅ……あ、あ、あれ？」

「大丈夫ですか？　僕が誰かわかりますか？　ここがどこかわかりますか？」

晴斗は穏和な笑顔を作り、注意深く警備員を観察した。怨霊に取り憑かれたら、どうなるのかわからない。なんらかの後遺症があったら気の毒だ。

「……あ、晴斗先生？　……芳紀先生も？　まだ残っているんですか？」

警備員は苦悶《くもん》の表情を浮かべつつ、晴斗やぐったりしている芳紀を眺めた。普段と同じように、スタッフや生徒たちに評判のいい警備員に思える。

「……は、はい」

「……そろそろ閉める……そろそろ……あ、どうしてこんなに頭がガンガン……うぅ……吐きそうだ……」

警備員は頭部を押さえていた手を口元に移動させた。晴斗は慌ててポケットから取りだしたハンカチを差しだす。

「……救急車を呼びましょうか？」

晴斗が青い顔で尋ねると、警備員はハンカチで口を押さえながら首を軽く振った。

「これくらいで救急車を呼んだら怒られます……変な夢を見たからそのせいかも……」

「どんな夢ですか？」

「大事な女房や子供たちを殺した極悪人を成敗しろ、って……復讐してやらないと女房や子供たちが浮かばれない、って……芳紀先生が極悪人だって……そんなこと、あるわけないのに……」

……蘭丸だ、蘭丸はそういう手口で警備員さんを操ったのか、と晴斗は理解したが口には出さない。

たとえ、明かしても信じてはもらえないだろう。眞弘もいっさい口を挟まず、太陽神の彫刻と化している。

「そうです。あるわけありません。変な夢を見ましたね」

「子供に戦国武将の格闘ゲームにつき合わされたからかもしれません……すみません、吐きそうなんで……」

警備員は苦しそうに言いながら立ち上がり、早足で戦場と化した講師室から出て行った。さすがに扉を閉められなかったらしく、開けられたままだ。

「……あ、はい、お大事に」

晴斗の声が届いたのか、届かなかったのか、定かではない。ただ、反応したのは庇うように抱いていた芳紀だった。

「……は、は、晴斗……」

芳紀の目に生気が宿り、自分を取り戻したように見える。晴斗のシャツを掴み、体勢を立て直そうとした。

「芳紀、何があったか、覚えているか？」

ポンポンッ、と晴斗が肩を優しく叩くと、芳紀は信じられないといった風情でボソボソと答えた。

「警備員さんにいきなりナイフで襲われた」

「襲われる心当たりは？」

「……な、ない……ないけれど、ないけれど……警備員さんは何かに取り憑かれていたのか？」

想定外の言葉を聞き、晴斗は目を瞠《みは》った。

「芳紀、そういうのがわかるのか？」

「僕はまったくわからないけど、うちも古い家だから霊能者とか、そういった人と縁があるんだ。僕も取り憑かれやすい、って昔からいろいろと……あ、善良な人……特に多感な子供が霊に取り憑かれて犯罪に手を染めるケースが多いと聞いた」

うちの生徒でそういうことが何度もあって除霊してもらった、と芳紀は予備校の極秘事情を明かした。

子供や女性のほうがそういった目に見えないものに影響されやすいと、晴斗も折に触れ見聞きしている。在籍していた伝統校の学び舎《まなや》や研究室も幽霊話には事欠かない。専門の中世も呪術《じゅじゅつ》に左右された時代だ。

「うん、それだよ」

晴斗が頬を紅潮させて頷《うなず》くと、芳紀は雨に濡《ぬ》れた子犬のような目で呟《つぶや》いた。

「……そうだよな。警備員さんは悪くないし、僕も悪くないな……誰も悪くない……」

「……ああ、警備員さんも芳紀も悪くない。何もなかったことにしてくれるか？」

パンパンパンパンッ、と晴斗は思いの丈を込めて芳紀の細い肩を叩いた。警備員を訴えても悲劇が増えるだけだ。何せ、肝心の警備員が何も覚えていないのだから。

「……うん、何もなかった。何もなかったんだ」

「……ただ、心配だから少しの間、僕や眞弘と一緒にいてほしい」

「それはいいけど……眞弘？　どうして、こんなところに？」

芳紀は一息つくと、晴斗から眞弘に視線を流した。ふたりは仲が悪いわけではないが、これといった親しい交流はなかった。

「久しぶりに一緒にメシでも食わないかって誘いにきたんだ」

晴斗がそれらしい理由を告げると、芳紀はどこか悪戯《いたずら》っ子のような顔で微笑んだ。すべて知っているぞ、とばかりに。

「眞弘、僕が晴斗のそばにいたら暴れないか？」

芳紀の含みのある言葉に対し、眞弘の華やかな美貌《びぼう》が尖《とが》った。

「キサマ、やっぱり気づいていたんだな？」

「眞弘が晴斗に夢中だって、僕以外にも気づいていると思う。香里奈だって美佐子《みさこ》だって瑠衣《るい》だって……そうだと思うよ」

芳紀の爆弾発言に絶句したのは晴斗だけだった。眞弘は今にも隠し持っていた刀で芳紀の首を刎《は》ねそうな雰囲気だ。

「可愛くねぇ」

「僕を恨むのは間違いだ。晴斗と上手くやりたいなら、もっと優しくしないと駄目だよ」

「……キサマ」

「助けてくれたんだね。ありがとう。大きな借りができた」

芳紀が苦しい身体を無理に動かし、仁王立ちの王子に頭を下げる。『人たらし』と称された太閤《たいこう》の魂を晴斗は垣間《かいま》見《み》たような気がした。

さすがに、眞弘も毒づかない。

「ひとつ、貸しだぞ」

「わかっている。これから眞弘と晴斗の仲を応援するから任せてくれ」

……芳紀はいったい何を言いだすんだ、と晴斗が口を挟む間もなかった。穏やかな親友が知らない男に見える。

「よし」

「……で、申し訳ないけど、すっごく辛いんだ」

「出るぞ。ここは多すぎる」

本棚の前に二匹、そこの机の下に一匹、ボードの後ろに三匹、窓に二匹、と眞弘は講師室にいる浮遊霊を指で差した。

どうやら、受験に失敗して自殺した浪人生たちのようだ。

……ここにあんなにいたのか、自殺したら死後もあんなに苦しむのか、と晴斗も視たくないのに視える。閻魔大王の息子がそばにいるから、第三の目が開いているのだろう。どちらにせよ、一旦《いったん》、引いたほうがいい。

「芳紀、大丈夫か？」

晴斗は立ち上がろうとして崩れ落ちた芳紀を支えた。溜まっている浮遊霊が弱くなった芳紀を狙っているのは明らかだ。

「……う、うちに連れて帰ってくれ。両親は旅行で留守だ」

「わかった」

眞弘を先頭に進めば、無数の浮遊霊は道を開ける。晴斗は祈るような気持ちで芳紀の身体を摑んだ。

とりあえず、秀吉こと芳紀は守ることができた。一抹の不安はあるが、蘭丸を死神に引き渡したことは間違いない。

閻魔大王から下された任務は果たした。これで眞弘の処刑は回避されるはずだ。

7

芳紀《よしのり》の実家は都内でも有数の閑静な高級住宅街にあり、ご多分に漏れず、高い塀に囲まれた大邸宅だ。愛想のいい家政婦や穏やかな両親、活発な妹や勤勉な弟もおらず、ひっそりと静まり返っていた。

だが、出迎えは甲冑《かっちゅう》姿の武将たちだ。

「……ひっ」

晴斗《はると》は剛健な武将たちを見た瞬間、驚愕《きょうがく》で腰を抜かした。支えていた芳紀も同じようにへたり込ませてしまう。

「……加藤清正《かとうきよまさ》と福島正則《ふくしままさのり》だ」

眞弘《まひろ》の視線の先は槍《やり》を手にする武将たちだ。加藤清正にしても福島正則にしても、秀吉《ひでよし》の子飼いの猛将として名高く、それぞれ七本槍に数えられている。秀吉の死後、徳川家康《とくがわいえやす》の狡猾《こうかつ》な分断工作により、天下分け目の関ケ原《せきがはら》では文治派の石田三成《いしだみつなり》と戦ったが、豊臣家《とよとみけ》に対する忠義は終生、変わらなかったという。清正は秀吉の遺児を守り抜こうとしたから、家康に毒殺されたという説が根強い。

「……え？　加藤清正と福島正則？　秀吉は転生したのに清正や正則は転生していないのか？」

肝心の主君が転生しているのにどうして、と晴斗は素朴な疑問を抱く。現代人の感覚なのかもしれないが、どんな面から考慮しても釈然としない。

「後悔したからだろ」

「後悔したら転生しないのか？」

「本人が転生を拒んだんだろ」

「いったいどうして……って、もしかして、秀吉を守るために？」

直情型の武断派武将、と晴斗はふと思いあたり、武勇の誉れ高い清正や正則をまじまじと見つめた。芳紀を抱いているからか、蘭丸《らんまる》から守ったからか、理由は定かではないが、好意的な気を注がれているような気がしないでもない。

「晴斗、そいつらに関わったらお前も生気を吸い取られる」

「吸い取るのか？」

「清正たちにその気がなくてもお前は弱る」

「わかった」

晴斗は意識のない芳紀を引き摺《ひず》るようにして、勝手知ったる豪勢な邸宅内を進んだ。母親好みのヴィクトリア調アンティークのインテリアも妹が買い集めたという印象派の絵画やゴブラン織《おり》のタペストリーも以前のままだ。

芳紀の自室に一歩足を踏み入れた瞬間、晴斗は喉《のど》を鳴らした。ほかでもない、シモンズ製のベッドに戦国時代の美女がいるからだ。

「……正室のおね」

眞弘が独り言のように呟《つぶや》くと、楚々《そそ》とした美女はベッドに手をついて頭を下げた。非の打ち所のない淑《しと》やかな仕草だ。

「……秀吉の正室っていったら妻の鑑《かがみ》の？　北《きた》の政所《まんどころ》？」

百姓から天下人にまで上り詰めた秀吉には糟糠《そうこう》の妻《つま》がいる。正室が子を産んでいれば、徳川家康の天下統一はなかったかもしれない。

「……転生しなかったんだな」

眞弘は多くを語らないが、何かを読み取ったらしい。皮肉屋だが、おねには好感を抱いたようだ。

「……秀吉が転生しているのに周りがそのまま？　やっぱり、おかしくないか？」

「俺に聞くな」

「何がなんだかまったくわからない。どうして？　秀吉は転生して現世でこうやって生きている」

晴斗は幾度となく秀吉が正室に送った書簡を見たことがある。秀吉の文は拙《つたな》いが、それだけに妻への純粋な愛が溢《あふ》れていた。仲睦《なかむつ》まじい夫婦のはずだ。一緒に転生して、また人生をともに歩めばいいではないか。

「……あぁ、正室は詫《わ》びのためだ。秀頼《ひでより》や豊臣家を守ろうとしなかった」

強引に読み取ったのか、受け取ったのか、眞弘は閻魔大王《えんまだいおう》の血を連想させる双眸《そうぼう》で言い放った。

「……あぁ、豊臣と徳川の戦いじゃなくて北の政所と淀殿《よどどの》の戦だった？」

秀吉は主君である信長《のぶなが》の子や孫を排除し、天下を掌握したのだから自分の死後、どうなるか予測していただろう。裏でもできる限りの手を打ったはずだ。それでも、豊臣家は難攻不落の大坂城とともに果てた。秀吉の想定外は糟糠の妻の言動だったのかもしれない。

清正を始めとする子飼いの武将たちに、家康に従うように指示したというから。

「そうだ。正室が先頭に立っていたら豊臣は滅びなかった。豊臣政権は続いていた……かは、わからないが、家康がくたばるまで保っていたんじゃないかな」

川の氾濫《はんらん》が小さく思えるぐらい歴史の流れは残酷なまでに強烈だ。たったひとりの一言で、露と消えることもあれば栄えることもある。

「……なら、歴史は変わっていた」

「贖罪《しょくざい》のように正室が転生を拒んで秀吉を守っている」

……だから、今まで蘭丸の復讐《ふくしゅう》を阻止できたんだ、と眞弘の目は雄弁に語っている。

大坂の陣、とうとう現役の大名は豊臣の旗の下にひとりも馳《は》せ参《さん》じなかった。万にひとつも勝ち目はなかったのだ。最後、大坂城に立てこもる秀頼と淀を救うため、北の政所が動いたという一説が残されている。豊臣家の幕引き直前、太閤《たいこう》こと木下藤吉郎《きのしたとうきちろう》の妻は悔やんだのだろうか。

「つい先ほど、蘭丸は死神が連れて行きました。あなたも行くべきところに行かれたらどうですか？」

楽になってください、と晴斗はベッドで下げた頭を上げない北の政所に優しく語りかけた。どのような涙もいずれは乾くし、降り続ける雨はない。

ざわざわざわっ、と室内が不気味なくらいざわめく。きっちり閉じられていたはずの窓が開き、ダマスク模様のカーテンが靡《なび》いた。

『ありがとうございました』

『面目ない』

『かたじけない』

『さらばじゃ』

女性の声に混じって低い男の声もどこからともなく聞こえてくる。錫杖《しゃくじょう》の音にまじり読経も響いてきた。

たかのように。

物凄《ものすご》い勢いで窓が閉まった途端、ベッドにいた北の政所が消えていた。風とともに消え

「……え？　……消えた？　いなくなったよな？」

晴斗は何度も瞬きを繰り返し、シモンズ製のベッドを確認した。ベッドの傍らにあるサイドテーブルや椅子《いす》にも乱世の淑女はいない。

「……晴斗、お前は凄いな。上がらせたぜ」

眞弘に珍しく感服したように言われ、晴斗は思わず天井を見上げる。白い天井に円形のライトがあるだけだ。

「上がったのか？」

「清正たちも上がったみたいだ。存在が消えた」

「……え、あっちも消えたのか？」

「戦国時代からずっと上がるのを拒んでいた奴《やつ》らだぜ。やるな」

眞弘がここまで手放しに称賛するなど、今までに一度もなかった。晴斗には意外な才能があったのかもしれない。

「……そ、それはよかったんだよな？　いつまでも過去に縛られているより、新しい道に進んだほうがいいよな？」

晴斗が賛同を求めるように言うと、眞弘は口元を軽く緩めた。

「縛られたい過去もあるんじゃないのか？」

「縛られたい過去？　どんな過去？」

「お前もくだらねぇ過去に縛られすぎだ」

「……僕？　……あ、芳紀、すまない」

晴斗は苦しそうな芳紀を思いだし、そっとベッドに横たわらせた。熱はないし、咳《せき》も出ていない。

「晴斗、お前は大丈夫か？」

眞弘に真顔で覗《のぞ》き込《こ》まれ、晴斗は生欠伸《なまあくび》を嚙《か》み殺《ころ》した。

「……実はすっごく眠い」

「あれだけ、囲まれたらそうだろ」

霊魂っていうか、未浄化の霊に接したら生気を吸い取られるんだ、と晴斗は自分の身体《からだ》で改めて痛感する。今すぐ芳紀の隣に倒れ込みたいが、眞弘の手前、持てる根性を振り絞って耐えた。何せ、理不尽な暴君の独占欲を知った後だ。

「芳紀が心配だから今夜はここで寝る。泊まる時はゲストルームか、ここに布団を……い……ごめん……」

晴斗は伝えたいことを最後まで言えなかった。

「ゲストルームはどこだ？」

「……眠い……無理……」

強烈な睡魔に襲われ、晴斗はその場に崩れ落ちた。眞弘が何やら文句を零しているが、意味がまったく理解できない。

誘われたかのように深い霧の中に落ちた。

……空耳だ。

空耳だと思ったけれど、空耳ではないようだ。

『信長を討て、信長を討つのじゃ』

誰かが地を這《は》うような低い声で信長討伐を執拗《しつよう》に命令している。毅然《きぜん》とした態度で無視しても終わらない。

『信長を討て、信長を討つのは貴殿しかおらぬ。世のため、民のため、貴殿が信長を討つのじゃ』

都の王城鎮護の寺と位置づけられ、朝野の崇敬を受け、絶大な政治力と軍事力を誇っていた比叡山延暦寺《ひえいざんえんりゃくじ》が、大軍で包囲される光景が広がった。三塔十六谷三千余坊に火を放ち、逃げ惑う僧侶《そうりょ》千六百余人、容赦なく虐殺したのだ。仏教勢力に対する血腥《ちなまぐさ》い弾圧によって、信長は仏敵と憎まれていた。石山本願寺《いしやまほんがんじ》との戦いにおいても、信長は「根切り」や「撫切り《なできり》」という凄惨《せいさん》な大量虐殺を行っている。

『信長の神仏を恐れぬ所業、許し難し。地獄の悪鬼より非道なり。信長を討て』

諸国巡礼中の高野聖《こうやひじり》を千余人捕縛し、無残にも処刑した場も見えた。信長に反逆した荒木村重《あらきむらしげ》の遺臣を高野山金剛峯寺《こうやさんこんごうぶじ》が匿《かくま》ったことに対する報復だ。

『信長、神仏の敵なり』

いったい誰が言っているのか、晴斗には見当もつかない。初めて聞く声だ。……いや、魂は覚えている。

初めて聞く声ではない。

朝夕関係なく、何度も聞いた声だ。

『恵林寺《えりんじ》の快川和尚《かいせんおしょう》は正親町天皇《おおぎまちてんのう》より国師の称号を授けられた名僧であるぞ。信長如《ごと》き畜生が焼き殺せる御仁に非《あら》ず』

当代随一の名僧は庇護《ひご》を求めた落ち武者を慈悲の心で包み込む。結果、甲斐武田《かいたけだ》家の菩提寺《ぼだいじ》である甲州《こうしゅう》の恵林寺が落ち武者を保護したことにより、信長は快川和尚ともども僧侶たちを山門で焼き殺した。明智光秀《あけちみつひで》の嘆願など、一顧だにしない。

轟々《ごうごう》と燃え盛る山門楼上、快川和尚が最期に唱えた『安禅必ずしも山水を用いず　心頭滅却すれば火おのずから涼し』も木霊する。

火に巻かれる多くの僧侶たちの悲鳴が、晴斗の肺腑《はいふ》を深く抉《えぐ》った。自分の手足にも火がつけられたような気がする。

「……ぼ、僕に言うな……僕は関係ない……」

晴斗は全精力を傾け、もつれる舌を動かした。

『貴殿じゃ、貴殿が信長を討たずして誰が討つのじゃーっ』

「……う……僕は無関係……」

『貴殿、信長に仕える前、諸国修行の牢人《ろうにん》時代を思いだすのじゃ。仏教並びに学問の殿堂である比叡山延暦寺に留まり、万巻の書を読破したのではなかったのか。貴殿を導いた師を忘れたのか。覚えておろう』

いったい何を言っているんだ？

僕のことじゃない、と晴斗は言いたかったが言葉にならなかった。

「……っ？」

『軍学、建築学、兵法、鉄砲などの軍事技術を貴殿が修得し、内政や外交に手腕を発揮できたのは、比叡山延暦寺があってこそ。貴殿は恩知らずではなかろう』

「……え？」

『朝廷や公家《くげ》衆に対する強圧的な態度も目に余る。信長は天子様を廃するつもりか』

かつて信長は朝廷を重んじていたが、天下布武を直前に控え、正親町天皇から誠仁親王《さねひとしんのう》への譲位を強要した。関白や太政大臣、征夷大将軍《せいいたいしょうぐん》への推任を拒否した理由は、脈々と受け継がれてきた官職秩序を砕き、独裁政権を樹立しようと目論《もくろ》んでいるからだ。信長の革命児たる所以《ゆえん》だ。

しかし、悠久の歴史を持つ天皇家や朝廷公家にとって許されることではない。

約十年、織田政権の京都朝廷折衝役として、朝廷や公家と交流が深かった知将は追い詰められていた。すなわち、明智光秀が板挟みという苦海で難渋していた。

「……ううう？」

……どうして、明智光秀？

光秀だよな？

僕が光秀だと思い込んでいるのか、と晴斗は目の前で懊悩《おうのう》する朝廷公家に愕然《がくぜん》とした。

光秀に対する圧迫や期待、妬《ねた》みそねみも混じった複雑な人の念が凄《すさ》まじい勢いで流れてくる。

『光秀殿、お天子様も貴公をことのほか頼りにされておじゃる。わかってたもれ』

時の朝廷筆頭である近衛前久《このえさきひさ》から涙ながらに懇願され、光秀は抜き差しならない窮地に立たされた。御簾《みす》の向こう側にいる、やんごとなき貴人からの雅《みや》びやかな圧迫感は、特に峻烈《しゅんれつ》だ。

『光秀、わしは父上の非道についてゆけぬ』

こともあろうに、信長から織田家の家督を譲られた信忠《のぶただ》も揺らいでいた。反信長派勢力に洗脳されていたのだろう。もし、信長の耳に入れば、将来を嘱望されていた後継者といえども惨殺されるかもしれない。

『信忠様、何を仰せになられます』

光秀は真摯《しんし》な目で諫《いさ》めようとしたが、信忠の心に巣くう闇《やみ》は深かった。

『父上の気まぐれでいつわしも光秀も首を刎《は》ねられるかわからん……光秀も心当たりがあるのだろう』

『……それは』

『これ以上、父上の残虐非道を見逃すわけにはいかぬ』

信忠は織田家譜代の重臣や家老の追放など、信長の残酷な切り捨て人事に煩悶《はんもん》していた。

『天下安寧のためでござる』

『信長、討つべし、聞こえぬか？　私は毎日、耳にする。夢も見る』

その幻聴や夢は光秀にも覚えがある。朝廷の陰陽道《おんみょうどう》宗家である勘解由小路家《かでのこうじけ》の陰陽師か、伊賀《いが》忍者の生き残りか、高野山密教者か、そういった類《たぐ》いの者による呪術《じゅじゅつ》や呪詛《じゅそ》だ。それぞれ、信長に対する復讐に燃えている。

『それは呪術でしょう。お気を確かに』

『父は神か？　生き神だと思えるか？』

信長はとうとう己を神と称するようになり、安土《あづち》の寺に『ぼんさん』という石を置いて拝ませるようになった。

交流のある陰陽師が断言したが『ぼんさん』という石は単なる石だ。信長を生き神とする石ではない。

天下統一に王手をかけた風雲児は狂った。

仏敵を討伐せねばならない。天子様のためにも朝廷のためにも民のためにも信長公を討たなければならない。磔《はりつけ》で処刑された母上の仇《かたき》を取らなければならない。もはや一刻の猶予もない。今まで誰も信長を討ち果たせなかったが貴殿ならばできる。貴殿にしかできない。世を救えるのは貴殿ぞ。……聞きたくないのに聞こえる。自分のことではないのに自分のことだとわかる。悲憤の涙が流れ続ける。

「……おい、晴斗、目を覚ませ」

卑しき小者が何か言っているが耳を傾ける必要はない。晴斗の眼底には水色に桔梗紋《ききょうもん》を染め抜いた旗指物が浮かんだ。六月一日、一万三千の明智軍が亀山城《かめやまじょう》を出立し、中国に続く三草《みくさ》越えの道を選ばずに老《おい》ノ坂《さか》に進み、沓掛《くつかけ》で休息してから桂川《かつらがわ》を渡った。目指していた京だ。

「……敵は本能寺《ほんのうじ》にあり」

「晴斗、俺が誰かわからないのか？」

「……ときは今あめが下《した》しる五月哉《さつきかな》……」

「晴斗、俺がそばにいるのに蘭丸に取り憑《と》かれている場合かよ。ここで全部挿《い》れていいのか？」

ボスッ、と顔面に枕《まくら》が飛んできた。

「……え？」

はっ、と晴斗は自分を取り戻した。

その瞬間、晴斗は自分が芳紀に馬乗りになり、首を絞めていたことを知った。慌てて手を引く。……否、手を引くことができない。

目に見えない力に身体を支配されている。頭が割れるように痛いし、首は縄で絞め上げられているように苦しい。背中は重石《おもし》を背負わされているかのようだ。

「晴斗、自分が誰か思いだせ」

眞弘が晴斗の両手首を握り、引かせようとしている。

それ故、芳紀の命を奪わずにすんだのだろう。もっとも、芳紀は白目を剝《む》いている状態だが。

あとほんの少し気づくのが遅かったら、親友を絞殺していたかもしれない。……違う、親友ではない。親友だと思っていたが親友ではなかった。最後に残酷な裏切りをした大悪党だ。

真の謀反人こと羽柴《はしば》秀吉、と晴斗は信長に取り立てられた尾張中村《おわりなかむら》出身の百姓を眺めた。芳紀だが秀吉にしか見えない。

なぜなら、己が晴斗ではないから。

「……晴斗だ……晴斗……明智十兵衛《じゅうべえ》……光秀……光秀？　……僕は光秀？　……僕は晴斗だ……光秀……僕は光秀だった……」

晴斗は自分が十兵衛や光秀と呼ばれていたことに気づいた。美濃《みの》守護の土岐《とき》源氏《げんじ》の流れを汲《く》む明智家の嫡男として生まれ育ったことも、蝮《まむし》という異名を持つ斎藤道三《さいとうどうざん》に仕えたことも、内紛後は越前《えちぜん》の朝倉家《あさくらけ》に身を寄せたことも、牢人暮らしで母や妻子に苦労をかけたことも、足利《あしかが》将軍家を支える細川藤孝《ほそかわふじたか》と共闘して足利義昭《よしあき》を守《も》り立てたことも、永禄《えいろく》十一年に織田信長に召し抱えられ、重用抜擢《ばってき》されたことも思いだした。光秀は秀吉と同じように成果を出し、譜代の重臣たちを抜いて出世し、織田軍団の近衛《このえ》師団《しだん》と一目置かれていた近畿《きんき》方面軍を率いていたのだ。当時、信長こそが惨憺《さんたん》たる乱世を終わらせる風雲児だと信じていた。

出自も死没も明らかだし、肖像画も残されているのに霧に包まれている知将、と著名な歴史学者が称した光秀の謎《なぞ》が解けた。

僕が明智光秀だ、と。

「蘭丸、晴斗に取り憑くなーっ」

眞弘は悪鬼の如き形相で、晴斗にべったりと張りついている森蘭丸に怒鳴った。部屋の空気がどんよりと重くなる。

「閻魔大王の若様、手出し無用」

晴斗は脳裏に響く蘭丸の声を確認した。意識を集中し、自分を拘束している蘭丸の手足も確かめる。ぞわり、と名のつけられない悪寒が走った。

「そいつは光秀じゃない」

眞弘の言葉に同意したかったが、晴斗が口を挟む間もなく蘭丸が言い返した。

「光秀殿でござる。光秀殿の無念も晴らす」

蘭丸の冷たく朗々と響く声が、晴斗の魂に波風を立てる。

……そう、光秀の最期は無念の一言に尽きた。蘭丸の復讐に手を貸したくなる。……貸さなくてはならない。助太刀するためにこの場を整えたのだ。光秀は謀反人じゃなかったから、と晴斗が芳紀こと秀吉に対する殺意を覚えた瞬間。

眞弘が見透かしたかのように宙に浮いている死神に凄んだ。

「……おい、死神、やけにあっさり終わったと思ったらやられたのかよ」

「面目ない」

逃げられた、と死神は言外で語っている。以前見た時より、不気味な覇気が薄れている
ことは火を見るより明らかだ。
「黒田官兵衛《くろだかんべえ》、ケリをつけろ」
眞弘の口から飛びだした名を聞き、晴斗は正気を取り戻した。蘭丸に引き摺られていた
らしく、秀吉に対する殺意は瞬時に消える。
「さすが、人として生きていた名をご存じですか」
死神は感服するように大きなカマを構え直したが、そこはかとない哀愁が漂っている。
黒田官兵衛といえば、言わずと知れた秀吉に天下を取らせた名軍師だ。秀吉が最も警戒
した策略家でもある。
「閻魔大王が気に入った軍師だからな」
「冥府《めいふ》の王も酷なことをなさる」
「俺に言うな」
ケリをつけろ、とばかりに眞弘が顎《あご》を杓《しゃく》ると死神こと黒田官兵衛は風のように蘭丸の前
に立った。そうして、頭から被《かぶ》っていた黒い布を取った。荒木村重を説得するつもりが捕
らえられ、土牢に幽閉される前の端整な姿が現れる。
……僕も知っている。
光秀が知っているんだ。

美濃の竹中半兵衛《たけなかはんべえ》殿の亡き後、秀吉殿を巧みに操ってのし上げたやり手だ。

光秀も官兵衛の策にやられた、と晴斗は魂に刻まれた記憶を辿《たど》っていた。畏怖《いふ》すべき軍師が死後、閻魔大王に死神として仕えたことに違和感はない。

「蘭丸殿、殿を許せませぬか？」

官兵衛の殿とは信長ではなく秀吉だ。

「いかにも」

「許せないのは己でしょう」

官兵衛が冷淡な調子で切り込むと、蘭丸の眦《まなじり》が吊《つ》り上《あ》がった。

「官兵衛殿も許せない。殿を自刃に追い込んだのは軍師である官兵衛殿です……なれど、結局、秀吉殿に恐れられ、遠ざけられた」

「左様、殿に疎んじられ、隠居しました。さすが、殿です」

官兵衛は自分の不遇を笑い飛ばしたが、蘭丸の双眸は鋭いままだ。ガタガタガタッ、と部屋が不気味なぐらい揺れた。

しかし、緊急地震速報は流れない。

どちらかが少しでも動いたら戦闘開始か。人ならざる者同士が戦ったらどうなるのか。

張り詰めた空間、晴斗は決死の覚悟で割って入った。

「……ちょ、ちょっと……もうやめてくれ……蘭丸？　……僕が光秀だったんだ……それ

も裏切ったわけじゃなかった……光秀は信長公の命令で動いただけだったんだ……そりゃ、光秀ではあの風雲児を討ち取るのは無理……あぁ、秀吉が都合のいい歴史を残したんだ……」

……これで腑《ふ》に落ちた、と晴斗は今まで走馬灯のように見えていた群雄割拠の景色に合点《がてん》がいった。

古今東西、歴史は勝者のものである。勝利者次第で悪が義になり、それらしく後世に伝えられる。

戦国の歴史を振り返れば、信長は松永久秀《まつながひさひで》や別所長治《べっしょながはる》、荒木村重など、多くの家臣に裏切られている。唯一、裏切りに成功したのが光秀だった。光秀に謀反を成功させる力はなかった、と濡《ぬ》れ衣《ぎぬ》説を唱える歴史家もいるほどだ。

「光秀殿、出てきてくれませせぬか？　反逆者の汚名を着せられた恨みを晴らしましょうぞ」

蘭丸に顔を覗き込まれ、晴斗は苦笑を漏らした。

「……光秀は成仏しています……しているとと思います……蘭丸殿が未《いま》だに苦しんでいるから辛《つら》いんじゃないかな……」

「光秀殿は乱世において希有《けう》な文化人であり、高い教養の持ち主でございました。尊敬していました。信長公も信頼していました」

光秀の謀反の理由として国替えや生母の磔刑《たっけい》の原因など、いろいろ取《と》り沙汰《ざた》されている。在りし日、信長の命により、蘭丸は公の場で光秀を折檻《せっかん》した。謀反の理由として、満座で辱められた恥辱も大きかったと各書で記されている。確かに、事実だ。けれども、癇《かん》癪《しゃく》持ちの信長にとって日常茶飯事に過ぎないし、後日の蘭丸の極秘謝罪により、光秀も水に流している。

本能寺の変は光秀による謀反ではない。

「……信長公は天下統一に飽きていた……続く家臣の謀反にも嫌気が差して、無名の男として世界を回りたくなったのですね。それで光秀と秀吉殿に命じて、本能寺で死んだように見せかけようとした。信忠殿との仲も険悪で始末するつもりだったのですか？」

魂に刻まれた光秀としての記憶が晴斗の脳裏に蘇《よみがえ》る。信長の常軌を逸した気まぐれは今に始まったことではないが、とうとう自身の存在を抹消する選択をしてしまった。謀反を命じられ、光秀は腰を抜かしている。

『光秀、わしを討て』

『殿、お戯れが過ぎますぞ』

『謀反せい』

信長が一度言いだしたら折れないことは身に染みて知っている。仏教勢力に対する陰惨な武力弾圧も、『人外化生』と嫌った伊賀忍者の殲滅《せんめつ》と伊賀の焦土化も雑賀《さいか》一族の殺戮《さつりく》も、命がけで止めようとしたが不興を買っただけだった。

『理由をお聞かせくだされ』

『南蛮をこの目で見たい』

信長の新しい夢を聞き、光秀は妙なところで納得してしまった。背後で控えていた蘭丸と目を合わせ、どちらからともなく溜《た》め息《いき》をついたことも鮮明に覚えている。

「殿は南蛮人に世界各国の話を聞き、己の目で確かめたくなったのでしょう。なれど、信忠殿に天下を譲るつもりはなくなっていました」

「……らしい」

「多くの者が殿のお命を狙《ねら》っていました」

「……はい、信長公は刺客を追い払うのも面倒になっていたみたいです」

蘭丸以上に光秀は信長暗殺に躍起になっている輩《やから》を知っていた。朝廷公家に全国各地にいる仏教徒、名ばかりとはいえ第十五代将軍の足利義昭、中国の毛利輝元《もうりてるもと》を始めとする従わぬ大名たち、徹底した殲滅作戦を行っても生き残った忍びの者たちなど、あまりにも多すぎる。

もはや守り切れない、と光秀は焦燥感に駆られていたのだ。信長は必要以上に敵を作りすぎたし、凄絶《せいぜつ》な恨みを買いすぎた。

『殿が誰かに討たれるぐらいなら、謀反に見せかけて逃がしたほうがいいかもしれぬ』

これが光秀と蘭丸の出した答えだった。もっとも、ふたりではどだい無理な話だ。信長は腹心の秀吉にも内々に伝え、謀反と謀反後について整えさせた。

「……あの日、光秀は手筈《てはず》通り、本能寺を襲撃して、信長公や蘭丸殿を極秘に逃《のが》した……だから、信長公の首はなかった……なのに、秀吉殿が裏切った？」

光秀が信長の不興を買って家康接待役を中途解任され、中国征伐軍責任者の秀吉の指揮下に入らされるという命令は偽りだ。秀吉も光秀率いる近畿方面軍が中国に向かわないと知っていた。

知っていた故、腸《はらわた》が煮えくり返ったのだ。信長が天下取りの後継者に指名したのが光秀だったのだから。

「秀吉殿に賭《か》けた官兵衛殿による一世一代の策です。秀吉殿の謀反に気づき、信長公は自刃されました」

秀吉に裏切られたと知った時、信長は不敵に言ったという。『是非もなし』と。

「……それで蘭丸殿は光秀を恨んでいないのか」

蘭丸から憎悪はいっさい感じないし、どちらかといえば同志愛すら伝わってくる。晴斗にしても、自身に取り憑いている蘭丸が切ない。

「光秀殿は殿に翻弄《ほんろう》された忠臣です」

「……なら、蘭丸殿、僕の手で人殺しはやめてほしい。僕の過去世が誰であっても、芳紀の過去世が誰であっても、現世、絞め殺したら僕は犯罪者だ」

「逆賊の汚名を濯《すす》いだら如何《いかが》」

「無用です。逆賊の汚名どころか、恥の上塗りです。……あの時、光秀は読みが甘すぎた。秀吉殿と官兵衛殿の野心に気づかなかったし、細川藤孝やその息子、次女の婿の忠《ただ》興《おき》、三女の婿の織田信澄《のぶすみ》、次男の養子先の筒井《つつい》順慶《じゅんけい》が真実を明かさなくても味方につくと信じていた。そうしたら、摂津《せっつ》衆《しゅう》の組下大名たちも味方に馳せ参じると思い込んだ……馬鹿《ばか》だ……」

晴斗はどこか遠い目でつらつらと敗戦理由を捲《まく》し立《た》てた。

いくら都の治安秩序に尽力し、朝廷に信長討伐の正当性を奏上して認められ、安土城に入城した光秀へ勅使として吉田兼見《よしだかねみ》が下向しても、織田軍団を抑え込めなければ意味がない。秀吉の大軍に当初は恭順の意を示していた大名たちも寝返ったのだ。ほんの一時の天下だった。

「秀吉と官兵衛が狡猾でした」

光秀の天下統一を阻んだのは秀吉の中国大返しだ。毛利側と予め《あらかじ》密約を結んでいたのは間違いない。

「乱世とはそういうものだったのでしょう。いくら信長公の命とはいえ……止めるべきでしたね」

……いくら信長を守れないと予想してもあんな命令に従う馬鹿がいるか、と晴斗は心の中で光秀を罵《ののし》った。

「秀吉は殿のご子息を……。許せぬ」

蘭丸が怒髪天を衝《つ》く理由は晴斗にも痛いぐらいわかる。嫡子の信忠は討つ予定だったが、ほかの子弟の命を取るつもりはなかった。それどころか、光秀は様子を見て次男を天下人の座に推す算段を練っていたのだ。

「秀吉殿の子も孫も死に絶えた。蘭丸殿が手を下す必要はありません。どうか自分を許してあげてください」

因果応報、という諺《ことわざ》が豊臣家滅亡にはしっくり馴染《なじ》む。

「光秀殿もそのようなことを申すのか」

「蘭丸殿は信長公と一緒に世界を回りたかったのですか」

晴斗は蘭丸の最大の無念に気づいた。聡明《そうめい》な近侍は誰よりも戦乱の革命児に心酔していたのだ。

「……いかにも。殿と一緒に南蛮の地を踏みたかった。守り切れなかった。猿如きに遅れを取った」

「ただの猿じゃないって信長公が一番知っています。……信長公が寂しがっているから、そばに行ってあげてください」

「無念を晴らすまで顔を合わせられぬ」

「いつまで待たせるつもりだ、って信長公は怒っていますよ。僕の息子……じゃなくて、僕の弟の息子としてでも生まれてきませんか？」

晴斗は眞弘の視線で自分の失言に気づき、慌てて言い直したが遅かったようだ。蘭丸は煽《あお》るように言い放った。

「光秀殿の息子なら転生してもよ……」

蘭丸の言葉を遮るように、眞弘が苛烈《かれつ》な怒気を含んだ声で凄んだ。

「駄目だ」

「眞弘、黙っていてくれ」

わがまま王子が出張ったら鎮まるものも鎮まらない。晴斗が頬《ほお》を引《ひ》き攣《つ》らせた時、蘭丸の呪縛《じゅばく》が少しだけ緩んだ。

依然として芳紀の意識は戻っていないが、胸から猿に面差しの似た小柄なサムライが浮かび上がる。日本史上最大の成り上がりとして名を残した太閤秀吉だと尋ねるまでもない。

「……猿、詫びておるのか」

蘭丸は手をついて頭を下げる秀吉を冷徹な目で見下ろした。

「……あ、秀吉……そうです。とても後悔している。信長公を裏切ったことを今でも悔やんでいるんだ」

晴斗は芳紀の過去世である秀吉が重苦を背負っていることを感じた。天下の座を得た頃から、悔恨の情に苛《さいな》まれていた様子が伝わってくる。それでも、引くに引けなくなっていたのだ。念願の実子を得て、狂気じみた野心が爆発した。

「猿のことだから本心から悔いておるとは思えぬが……」

蘭丸は秀吉の滝のような涙を目の当たりにしても信じない。人たらしの猿は自分の意志で涙を流すことも止めることも可能だった。

「蘭丸殿、ここでこうやって僕と巡《めぐ》り逢《あ》ったのは信長公のお計らいではありませんか？　潮時です。一緒に行きましょう」

……決めた。

頑固な蘭丸殿を止めるには僕がつき添うしかない。

一番哀れなのは蘭丸殿だ、と晴斗は信長の寵童《ちょうどう》とともに冥府に落ちる覚悟をした。どうせ、晴斗としての幕は一度下ろしている。

「……一緒に？」

意味がわかっておるのか、と蘭丸の鋭い目がゆらゆらと揺れた。透ける霊魂も大きく波打っている。

「蘭丸殿が上がらないのならば、僕が命がけで上げてみせる。僕も蘭丸殿と一緒に閻魔大王に会いに行きます。ともに転生して、来世では真の友人になりましょう」

晴斗が凜乎《りんこ》とした態度で言うや否や、眞弘が険しい顔つきで口を挟んだ。

「晴斗、イカれたのか?」

「眞弘は黙っていろ」

晴斗は愛《いと》しいはずの男を一喝してから、蘭丸の揺れ動くエネルギー体に優しく語りかけた。

「僕は蘭丸殿のためなら死んでもいい。どうしてだろう? ……これは光秀の感情なのかな?」

一時の迷いではない。蘭丸のためならば命を捨てても構わない。自分を犠牲にしても、蘭丸に復讐させたくなかった。何より、閻魔大王の息子とならば再会できるという確信があったから。

「……光秀殿は繊細すぎるのです」

ふわり、と蘭丸の霊魂が晴斗の身体から離れた。室内の温度が一気に下がり、死神こと官兵衛の背後には真っ黒な穴ができる。

「……え? 蘭丸殿?」

「さらばでござる」

蘭丸が深々と腰を折ると、死神こと官兵衛も頭を下げた。そうして、頭から黒い布を被る。

　どこからともなく錫杖の音が聞こえてきた瞬間、蘭丸と死神は黒い穴に吸い込まれた。

　一陣の風の如く。

「……え？　死神と一緒に消えた？　一緒に行ったのか？」

　晴斗は目を擦《こす》って、黒い穴があった白い壁を確認する。室内を見回すが、ふたりの姿はない。

　風のように跡形もなく一瞬で消えた。

　芳紀は魂の抜けた置物のように横たわっているが命は尽きていない。秀吉の霊魂は芳紀の胸に音もなく入った。

「晴斗、よくも言いやがったな。俺をなんだと思っている？」

　グイッ、と眞弘に力任せに抱き寄せられ、晴斗は惚《ほう》けた顔でポツリと言った。

「蘭丸殿、わかってくれたのかな？」

「……おい、蘭丸なんてどうでもいいんだ」

「蘭丸殿を救うことしか考えられなかった。やっぱり僕って光秀だったんだな」

　晴斗が確かめるように言うと、眞弘は腹立たしそうに肯定した。

「……あぁ、お前が謀反人として有名な光秀だ。利用されただけの馬鹿さ」

　光秀だって思いださせたくなかったのに、と眞弘の心情が手に取るように晴斗に伝わってくる。

「僕が光秀として生きていた頃、眞弘は？」

「俺はクソ親父《おやじ》に捕まって、母上……楊貴妃《ようきひ》の相手をしていた」

眞弘の苦虫を嚙《か》み潰《つぶ》したような顔を目の当たりにして、晴斗は思い切り納得してしまった。

「……眞弘がいなかったから、光秀だった僕は結婚して、子供を持てたのか……細川ガラシャが好きだった理由がわかった」

骨肉の争いが多発していた乱世、多くの側女《そばめ》を持つことが当然だったが、光秀は正室の熙子《ひろこ》だけを愛し抜いた。戦国大名の中で一、二を争うほどの仲睦まじい夫婦だ。

「俺がいなかったから世紀の謀反人だ」

「光秀としての人生、そんなに悪くなかったと思う」

両親に愛し愛され、妻と心から寄り添い、かけがえのない子供たちを得て、大切な家臣に恵まれた。最期は悲惨だったし、大きな過ちを犯したが、人間五十年と謡われた時代に精一杯に生き抜いたのだ。

「忘れろ」

「……うん、僕も光秀だった過去は忘れたい。秀吉も忘れたいんだろうな……芳紀、よく寝ている」

「芳紀は当分の間、寝込むさ。仕事も無理だろう」

命を取られなかっただけでも奇跡だ、と閻魔大王の息子は暗に匂《にお》わせている。芳紀はだいぶ危険な状態だったらしい。

「……僕も眠い」

取り憑いていた蘭丸が去ったから身体は軽くなったが、凶悪な睡魔に襲われている。すでに起きていられず、眞弘の腕の中に倒れ込んだ。

「そりゃ、そうだろ」

「……これで任務は果たした……間に合ったんだ……そうだよな？　……蘭丸はちゃんと上がったんだよな……眠い……確かめてくれ……」

薄れていく意識の中、晴斗は蘭丸が閻魔大王に説教を食らっている場が見えた。信長の正室が庇《かば》っているのもわかった。復讐を果たさなかったから、蘭丸が地獄に突き落とされることはないだろう。

8

翌日の朝、目覚めた芳紀《よしのり》は何も知らなかった。当然、晴斗《はると》と眞弘《まひろ》は真実を告げたりはしない。ただ、なんらかは感じているようだ。母親の実家が由緒正しい寺であり、そういった世界を認めているらしい。

「……僕は昔から取《と》り憑《つ》かれやすいタイプなんだ。戦国時代の武将とか、足軽とか、堺《さかい》の商人とか、千利休《せんのりきゅう》の愛弟子《まなでし》とか……実は今までに何度も取り憑かれて、除霊してもらったことがある」

芳紀は自分がそういった体質だと思い込んでいるが、あえて晴斗は曖昧《あいまい》に濁した。そうするしかない。

「そうか」

「母の恩師に紹介されたんだけど、インチキ霊能者だったから大変だった。僕にも母にも祖母にも妹にも水子はいないのに、水子の霊が僕を妬《ねた》んでいるとか……先祖が悪事を働いた恨みとか……」

水子と先祖の因縁はスピリチュアル詐欺の二大アイテムだ。人の弱みにつけ込み、不安を巧みに煽《あお》って金銭を巻き上げる。人としての尊厳や時間を搾り取る大悪党も多いから要注意だ。

「……うわ」

「この家や土地が悪いから売却して、その金を喜捨しろ、って言う霊能者の尼さんもいた。祖母の友人の紹介だけど、口癖がうちの先祖が悪い、だったよ」

「それは絶対に詐欺だ」

「僕の前世が豊臣秀吉《とよとみひでよし》で人を踏み台にして百姓から成り上がったから恨まれている、って脅したヒーラーが一番ひどかったな。秀吉の僕が光秀《みつひで》を謀反人に仕立て上げたんだって」

同席した母も祖母も僕も開いた口が塞《ふさ》がらなかった、と芳紀はどこか遠い目で衝撃の過去を語った。

「……うん、信用に値しないヒーラーだ」

……ひょっとして、本物のヒーラーなのか、と晴斗は心臓がバクバクしたが持てる理性を振り絞って受け流した。

「秀吉が嫌いな理由を勝手にこじつけられたみたいだ」

「そういえば、芳紀は秀吉が嫌いだったな」

晴斗はいつも笑顔を絶やさない親友が珍しく秀吉を辛辣《しんらつ》に批判していたことを思いだし

だったのだ。歴史好きな者たちの間でも秀吉の人気は低いが、芳紀が爆発させた嫌悪感は桁外《けたはず》れた。

「調べれば調べるほど、反吐《へど》が出る」

「秀吉、悪い奴《やつ》じゃないよ。そんなに嫌うな」

自分で自分を否定するな、そんなにひどい奴だったら清正《きよまさ》や正則《まさのり》たち、これまで守っていなかった、と晴斗は心の中で芳紀の魂に語りかけた。

「相変わらず、晴斗は優しいな」

「そんなことより、眞弘の機嫌が悪い。この機嫌の悪さは胃袋を満たせば鎮まる。何か食わせてやってくれ」

晴斗は手を軽く振りながら、強引に話題を変えた。ふたりならいつまでも歴史談義に花を咲かせるが、今にも沸騰しそうな眞弘がいるから無理だ。

「……あぁ、そうだな。近所のレストランの和風パエリアが絶品なんだ。いいかな？」

「いいね」

デリバリーで絶品のブランチをご馳走《ちそう》になったが、リビングルームに豊臣政権の五奉行の石田三成《いしだみつなり》と、大谷吉継《おおたによしつぐ》がいたから驚愕《きょうがく》した。

「……うっ」

晴斗は慌てて口を押さえてやり過ごす。おそらく、豊臣政権を支えた文治派たちは今も守っているのだろう。

思うところは多々あるが、今はできるなら接したくない。

芳紀の両親が旅行から帰ってきたので、晴斗と眞弘は三成と吉継が守る邸宅を後にした。予備校に連絡を入れて確認したが、昨夜、蘭丸《らんまる》に取り憑かれた警備員は元気だという。ほっと胸を撫《な》で下《お》ろしたのは言うまでもない。

眞弘と一緒に見上げた青空はどこまでも果てしなく澄み渡り、白い雲が悠々と風に運ばれていた。


眞弘は無事に任務を果たし、処刑される心配はない。今のところ、蘭丸の件に関し、これといった問題も見当たらない。安堵《あんど》したのも束《つか》の間《ま》、眞弘にセカンドルームに連れて行かれ、問答無用で押し倒された。

「全部、挿《い》れるからな」

明るい陽差《ひざ》しが照らすリビングルームの床で覆《おお》い被《かぶ》さってきたから参った。晴斗は顰《しか》めっ面《つら》で拒む。

「無理だ」

と手に取るようにわかるから。

「暴れなきゃ入る」

眞弘の強姦鬼《ごうかんき》に等しい形相を目の当たりにして、晴斗の身体《からだ》は恐怖で強張《こわば》った。本気だと手に取るようにわかるから。

「僕を殺す気か」

グッ、と晴斗は膝《ひざ》を立てて眞弘の股間《こかん》を攻撃した。が、余裕の顔で上手《うま》く躱《かわ》されてしまう。まるで晴斗の動作をすべて読んでいるかのようだ。

「死ぬわけねぇだろ」

眞弘の唇が迫ってきたが、晴斗は反射的に手でキスを避けた。光秀としての過去世に触れたからではないが、聞いておきたいことがある。

「……確認したい。僕のどこが好きなんだ？」

容姿は平々凡々、真面目《まじめ》なだけが取り柄、癒《い》やし系《けい》ではないし、お笑い系でもなく、要領が悪い、と晴斗は改めて自分を客観的に評価する。素朴な疑問だが、天からありとあらゆる恩恵を受けた男をどこで魅了したのだろう。過去世からの関係らしいが、過去世の自分はそんなに夢中にさせるほど、魅力的だったのだろうか。

「…………」

眞弘の納豆を食べた時のような渋面に、晴斗の神経はささくれだった。

「言えないのか？」

「下らないことを言うな」

「下らないとは思わない」

眞弘本人の意志に拘《かか》わらず、どこであっても無条件で数多《あまた》の注目を集める。そばにいたら大きな波を被《こうむ》るだろう。今後があるから確かな答えがほしい。

正直に言え、頼むから言ってくれ、という晴斗の抜き差しならない想《おも》いが届いたらしく、眞弘は流線形のルームライトに視線を逸《そ》らしながら明かした。

「……お前を他人に渡したくない。いつも俺のそばに置いておきたい。いつも俺のことだけ想わせたい。俺がお前を泣かすのはいいが、ほかの奴がお前を泣かすのは許せない。お前がいないとムカつく」

眞弘が胸奥に秘めた想いを吐露したが、晴斗の魂にはまったく響かなかった。

「それは単なる支配欲じゃないのか？」

「わけがわかれば苦労しねぇ。俺はお前がいないと駄目だ。お前がいねぇと生きる気力も出ない」

グサリ、と眞弘から放たれた鋭利な矢に魂を突き刺されたような気分だ。生まれて初めて傍若無人な王子の弱音を聞いた気がしないでもない。

「……眞弘」

「お前は俺のものなんだ。ガタガタ言うな」

眞弘は照れ隠しのように舌打ちすると、晴斗の身体に体重をかけた。密着している身体から興奮具合が伝わってくる。

「……あっ」

「二度と俺から目を離すな」

「眞弘はずっと僕だけ見ているのか？」

「……ああ、永遠にお前しか見ない」

眞弘の愛の誓いに晴斗の目が潤んだ瞬間、地獄の釜《かま》の蓋《ふた》が開いた。……そんなことを連想させる声が聞こえてきた。

「少しは私のことも見てください」

いつからいたのか、閻魔大王《えんまだいおう》の美麗な秘書官が涼しい顔で立っている。以前と同じように、背後には赤鬼に青鬼に黒鬼、何人もの頑強な鬼が控えていた。握っている金棒もお約束だ。

晴斗は驚愕で固まった。

「……おい、クソ親父《おやじ》の腰巾着《こしぎんちゃく》、蘭丸は送ったはずだぜ」

いいところだから邪魔するな、と眞弘は悪鬼を凌駕《りょうが》する形相で凄《すご》んだ。

「若様、お見事でございました。よくぞ、期日までに死神軍団が諦《あきら》めていた任務を果たさ

れました。お父上様もお母上様も大層お喜びでございます」

秘書官は妖艶《ようえん》に微笑《ほほえ》みながら冥府《めいふ》の様子を語った。鬼たちも称賛するかのように金棒で床を突く。

「そんなことを伝えるためにわざわざ来たのか？」

「次の任務をお伝えに参りました」

次の任務、という秘書官の想定外の指示に晴斗は自分を取り戻す。眞弘の筆で描いたような眉《まゆ》も顰《ひそ》められた。

「次の任務だと？」

「若様の罪は重い。蘭丸の一件だけで許されるはずがないでしょう」

「ふざけるな」

「武蔵坊弁慶《むさしぼうべんけい》が源《みなもとの》九郎判官義経《くろうほうがんよしつね》を恨むあまり、ずっと追いつづけています。源九郎判官義経の裏切りが原因とはいえ、何度転生しても命を狙《ねら》うのは終わらせたい。武蔵坊弁慶を捕獲し、閻魔大王様の元に連行するように」

秘書官は武蔵坊弁慶の詳細を綴《つづ》った書面を差しだしたが、眞弘は断固として受け取らない。代わりにというか、晴斗の手に書面が押しつけられてしまった。ズキズキズキズキッ、と頭が痛む。

……え、武蔵坊弁慶と源九郎判官義経ってあの弁慶と義経のことだよな？

弁慶は義経の腹心の部下で死ぬ時も一緒だったはず。

義経に自害させるために立ったまま死んだ。

どうして恨み、と晴斗の脳裏に中世の源平合戦絵巻が過《よぎ》る。

平安末期、貴族政治の弱体化と武士の台頭が著しくなり、とうとう源氏《げんじ》の頭領である源頼朝《みなもとのよりとも》が鎌倉《かまくら》に幕府を開いた。源義経は頼朝の異母弟であり、栄耀栄華《えいようえいが》を誇った平家討伐の立て役者だ。武蔵坊弁慶は五条大橋で義経と出逢《であ》って以来、忠義を尽くした僧兵である。義経と弁慶は、歌舞伎《かぶき》やドラマでも幾度となく取り上げられた人気の歴史上の人物なのだ。

「……あぁ、あれ？　弁慶が義経を庇《かば》って死んだことになっているけれど、あれは義経が弁慶を騙《だま》して逃げたんだよな？　それで弁慶が恨んで、追い続けているのか。しつこい奴だぜ」

眞弘が嘲笑《ちょうしょう》するかのように鼻で笑うと、秘書官の整った顔が歪《ゆが》んだ。

源氏の異母兄弟の蜜月《みつげつ》は続かず、義経は鎌倉幕府から追われる身となった。最期、平《ひら》泉《いずみ》の衣川館《ころもがわのたて》で義経が自害することを守るため、弁慶は立ったまま絶命したという。……が、真実は違うのか。

眞弘が知っているようだから晴斗は驚いたが、全精力を傾けて耳を澄ませた。中世を専門に研究した学者魂が疼《うず》く。

「若様、しつこい奴だと武蔵坊弁慶を揶揄《やゆ》する資格は若様にはござらん」

「それで？」

「転生した九郎義経を殺させてはなりませぬ。復讐《ふくしゅう》を果たせば、武蔵坊弁慶を罰しなければならなくなる。どうか、四日以内に武蔵坊弁慶を発見し、連れてきてください」

どんな惨《むご》い目に遭わされても、復讐を果たしたら罪になるという。蘭丸と同じく、閻魔大王は武蔵坊弁慶を哀れんでいるようだ。

「おい、四日？」

今回も期日の余裕はないし、執念深さからいって弁慶のほうが蘭丸より手強《てごわ》いだろう。

「おそらく、四日以内に武蔵坊弁慶は転生した九郎義経を見つけてしまうでしょう。その前に捕獲してください」

「冗談じゃねぇ」

「四日以内に武蔵坊弁慶を捕獲できない場合、若様に下された刑が執行されます。心してかかられよ」

無罪放免になったわけじゃなかったのか、と晴斗が口を挟む間もない。眞弘が宿敵に向けるような目で秘書官を睨《にら》み据《す》えた。

「詐欺だぜ。クソ親父の詐欺か？」

「こちらをご覧なされ」

秘書官の視線の先は、晴斗に手渡した武蔵坊弁慶と九郎義経について記された書面だ。転生した九郎義経の姿もある。

……え、嘘《うそ》だろう？

スイスの首都がパリだと思い込んでいる財務大臣の息子が転生した義経だったのか、と晴斗はざっと目を通した資料で度肝を抜かれた。名家の令息であり、容姿も整っているが、壊滅的な頭脳の持ち主だ。源平合戦の世、戦の仕方を塗り替えた天才的な武将の生まれ変わりとは思えない。けれど、中世を専門に研究したから納得もする。そういえばそういう性格だったよな、と。

「俺の意見はすべて無視か？」

「健闘をお祈り申しあげる」

私の役目はここまで、とばかりに秘書官は風のように消えてしまった。武蔵坊弁慶と九郎義経について記された書面も消える。閻魔大王の高笑いが聞こえたのは気のせいではないだろう。

「……あの野郎」

眞弘の握った拳《こぶし》が怒りで震えるし、晴斗の頬《ほお》もヒクヒクと引き攣《つ》る。安堵した後だけに脱力感に苛《さいな》まれる。

「……眞弘……蘭丸の次は武蔵坊弁慶？」

室町末期から安土桃山《あづちももやま》、平安末期、どちらも血腥《ちなまぐさ》い時代だ。

「クソ親父、蘭丸の件で味を占めやがった。死神の手に負えない奴を俺たちにあたらせるつもりだ」

閻魔大王の魂胆に気づき、眞弘の頭から湯気が出た。晴斗も同じ意見だが、あえて賛同しなかった。

「今回は四日……まだ余裕がある……ううん、麻痺《まひ》している。四日なんてすぐだ」

「ウザい」

「逃亡生活はいやだ」

任務を果たさなければ、眞弘は死神軍団に追跡される。どんなに楽観的に考えても、逃げ切れるとは思わなかった。

「……わかっている」

「もし、義経の裏切りが本当なら弁慶が可哀相《かわいそう》だ。助けてあげたい」

晴斗は不器用ながらも真《ま》っ直《す》ぐに戦い抜いた武蔵坊弁慶が好きだった。生きるも死ぬも一緒、と誓った主君に裏切られ、恨み骨髄で凝り固まっているのならば哀れすぎる。救えるものなら救ってやりたい。

「同情するな」

カプッ、と眞弘に忌々しそうに耳朶《じだ》を噛《か》まれ、晴斗は首を左右に振った。

「この任務を無視したら眞弘と引き離される。僕は山崎《やまざき》晴斗として白鷺《しらさぎ》眞弘と一緒に人生をまっとうしたい。後悔しないように生きる、と決めたんだ」

不幸な人生を繰り返してきたのならば、想いが通じ合った現世で負の連鎖を断ち切る。幸福な生涯で悲劇の前世や過去世を上書きしたい。来世に持ち越す気は毛頭なかった。

「……仕方がねぇ。やるか」

「今までの分も幸せになろう」

後悔しないように生き抜きたい。

「幸せにする」

「どんな幸せ？」

「俺がそばにいるだけで幸せと思えるぐらい惚《ほ》れさせる……惚れろ……惚れてくれ……」

眞弘の唇が近づいてきたので、晴斗は目を閉じてキスを受け入れた。

閻魔大王の息子が、あまりにも優しい目をしていたから。

あとがき

講談社X文庫様では五十三度目ざます。極楽浄土を諦《あきら》めた樹生《きふ》かなめざます。……いえ、今さらざます。仏罰が恐《こわ》くて女性向けファンタジーは綴《つづ》れません。……いえいえ、閻魔大王《えんまだいおう》様は懐《ふところ》が深いから笑って許してくださると思います。神仏はそんなに狭量ではないはずです（平身低頭）。

息もつかせず、次は氷川《ひかわ》と愉快な仲間たちざます。『龍《りゅう》の蒼《あお》、Dr.《ドクター》の紅《くれない》』をどうか今から予約しておいてくださいませ（切実）。

奈良千春《ならちはる》様、感謝の嵐《あらし》を捧《ささ》げます。今まで以上に癖のありすぎる話で申し訳ない。頭が上がりません。

読んでくださった方、感謝の嵐です。

再会できますように。

お香に縋《すが》りだした樹生かなめ

前世にて

歴史は巡る。

明治時代、裕福な伯爵家の跡取り息子が没落士族の次男坊と無理心中した。

ふたりの魂は揃《そろ》って閻魔大王《えんまだいおう》の前に並んだ。伯爵家の跡取り息子は毒を盛ったのに尊大な態度だし、没落士族の次男坊は無に還《かえ》りそうなくらい怯《おび》えている。

……またか、またですか、若様が家晴《いえはる》という名の時も虞淵《ぐえん》という名の時もウイリアムという名の時もヴィクトールという名の時もアントワーヌという名の時も……どの時代のどの国に誕生しても同じ魂を深く愛し、同じ最期を迎えた、と秘書官は嘆息した。

「……またか」

赤鬼が独り言のように零《こぼ》せば、青鬼も金棒を握ったままポツリと言った。

「……まただ」

「……これ、何度目ぞ？」

頭上の鳳凰《ほうおう》が呆《あき》れ顔《がお》で問えば、青龍が長い髭《ひげ》を震わせながら答えた。

「……これ、これじゃ、これを最初から最後まで何度目にしたか、忘れてもうた。若様の仰せになる言葉も一字一句違《たが》わず……」

誰もが抱く気持ちは等しく。

秘書官の口も知《し》らず識《し》らずのうちに動いていた。

「若様、また同じ愚を犯しましたな」

閻魔大王の息子に学習能力がないと思いたくないが、虱潰《しらみつぶ》しに探しても成長は見つけられなかった。これではいったいなんのために、大日本帝国の明治という希有《けう》な時代に送りだしたのかわからない。

若様が閻魔様に向かって暴言を吐くのも同じ、無理心中した相手に庇《かば》われるのも同じ、楊貴妃《ようきひ》様に命がけで守られるのも同じ、閻魔様が苦しそうに折れるのも同じ、と。

閻魔大王に永久の忠誠を誓ってから、どれくらい経ったのだろう。秘書官自身、もはや覚えていないぐらい、悠久の時を閻魔大王の手足となって過ごしてきた。傾国の美女に手をつけ、子供を産ませたことも祝福したのだ。

閻魔大王と楊貴妃の愛息の成長を楽しみにしていたのだが。

今回もなんの刑罰もなく、転生することになる。人間界での生涯は最も苛酷な修行にあたり、魂の成長には必須だが、楊貴妃たっての願いにより、ふたりは暫《しばら》くの間、冥府《めいふ》に留《とど》まることになった。

もちろん、秘書官も異議は唱えない。

来世でも同じ間違いを犯さないために、冷静に反省してほしかった。閻魔大王も同じ気持ちらしく、渋い顔で内々に頼まれた。

「……あれ、あれをなんとかせい」

冥府の統治者が言外に匂《にお》わせていることは察している。万が一にもあってはならないことだが、今、何かあれば、後継者は愛妾《あいしょう》が産んだ息子だ。

「閻魔大王様、どなた様のご令息ですか？」

私にすべて押しつけるのはご容赦願いたい、と秘書官は胸底から訴えかけた。優秀な若君だが、性格に難がありすぎる。……いや、想《おも》い人《びと》が絡むとおかしくなるのだ。人間界でも冥府でも。

「あれの教育はそなたに任す」

愛妾の息子には誕生前から傑出した教育係が決まっていた。なのに、誕生して間もなく、教育係は哭《こく》して自ら辞した。ほかでもない若君が原因で。

「私に教育を任せるのですか？」

愛妾の息子の教育係が今まで何名、涕泣《ていきゅう》しながら辞職したか、数えたくもない。憔悴《しょうすい》しきった姿を目の当たりにすれば、引き留めることさえできなかった。

「さよう、あれをなんとかせい」

「私には無理です」

傲岸《ごうがん》不遜《ふそん》な若君なのに、閻魔大王の代理に立てば、誰よりも的確にすべてをこなす。秘書官のみならず冥府の住人の誰もが感服した手腕だった。特に癖のある死神軍団の使い方には舌を巻いた。

「そちしかおらぬ」

「五道転輪大王様にでも預けますか？」

以前、秘書官は閻魔大王の名代として使者に立ち、不動明王や釈迦如来《しゃかにょらい》に教育を依頼したが拒絶された。今でもその時の不動明王や釈迦如来の氣は覚えている。知恵を総動員しても形容し難いものだった。

「断りよった」

「五道転輪大王様にも断られたのですか」

「そち、なんとかせい」

「……人間界で修行させるしかないのではありませんか？」

父上や母上の言葉にも耳を貸さない若君なれば自身で学んでいただくしかない、と秘書官は今までと同じように苦渋の選択をした。

「やはり、それしかないかのぅ？」

「若君に同じ過ちを犯さぬように、懇々と諭してから送りだしてください」

秘書官は無理だと思いつつも、口にせずにはいられない。

「それ、それよ、それこそが、そちの役目ぞ」

「私は秘書官にすぎませぬ」

「わしの大切な右腕、頼んだぞ」

　閻魔大王の懊悩はいやというぐらい理解できるが、秘書官は承諾せずに無表情で距離を取った。何せ、冥府の若君は一筋縄ではいかない。

「……若君は何処《いずこ》におわす？　……ああ、今日もかの者と一緒か……」

金と銀の龍が泳ぐ空の下、閻魔大王の息子は愛しい魂の持ち主と肩を並べている。どちらも、伯爵家令息と士族の次男坊という明治時代の姿のままだ。空気の流れを見ているようだが、時折、目が合えば微笑《ほほえ》み合う。見ているほうが照れくさくなるぐらい、ふたりはふたりしか見ていない。完全にふたりだけの世界だ。

日々、ふたりは何をするでもなく、ぴったりと寄り添って時を過ごすだけ。

柱の陰から毎日毎日、愛息の様子を見守っているのは楊貴妃だ。母の愛が溢《あふ》れているだけに哀愁を誘う。

これではなんの成長もない。いつまでもこのままではいけない。意を決し、秘書官は閻魔大王の息子に心の中から語りかけた。

……若様、若様、私の声が聞こえますね？

若様、無視しても無駄です。

若様、今までの反省をしてください。

……あ、私としたことが失礼しました、反省するような性格ではありませんね。転生が迫っています。

来世、同じ失敗を繰り返さないために、愛《い》しき相手と話し合ってください。どの時代も肝心のふたりが本心を明かさなかったことが悲劇の原因……非は若様にあります。……せめて、今、何か語り合ったらどうですか、と秘書官は胸底から閻魔大王の息子に切々と訴え続けた。

実際、口を挟むチャンスがないのだ。ふたりを取り巻く空気が甘すぎて、そう簡単に挟めるような雰囲気ではない。

秘書官の静かな奮戦に気づいたらしく、赤鬼が馬鹿らしそうに零した。

「若様とあの子、ず～っとふたりであのまま」

「喋《しゃべ》るわけでもなく、口付けるわけでもなく、ふたりで寄り添ったまま、空を眺めている」

青鬼が金棒を握り直しながら言うと、楊貴妃は目を潤ませながら続けた。

「……ほんに、愛し合っているのですね」

それだけ深く愛し合っているのにどうして人間界では上手くまとまらないのか、という釈然としない思いが充満した。冥府ではどちらの本性も剝《む》きだしになる。それ故、魂の欲するまま、相手を求められるのだろうか。

「いつまでもあのままではなりませぬ。修行がございます」

秘書官が感情を押し殺して今後について言及すると、楊貴妃の背後に控えていた書記官が悲痛な面持ちで言った。

「さよう、若様の転生先は次も日本でございますが、このままでは昭和どころか平成も令和の世も終わってしまう」

書記官の口から出た新しい元号には秘書官も覚えがある。先日、天界から天照大御神《あまてらすおおみかみ》の使者がやってきたばかりだ。

「……そういえば、平成の次は令和でしたな?」

現在の日本は、明治と大正は瞬く間に過ぎ、昭和の幕を下ろす準備に入っていた。悲惨な戦争の時代だっただけに、平和的に次の時代に移行させるために長い時間がかかった。折しも、空前の好景気により、かつての飢餓列島はこの世の春を謳歌《おうか》していた。

「さよう、令和ですぞ」

「昭和は無理でも、せめて平成に送り込み、魂を成長させたい」

本来の予定では昭和に転生させるはずだった。後手に回った理由は明らかだが、誰も追及したりしない。

「秘書官、皆、気持ちは等しく」

「吾子《あこ》を守ってたもれ」

楊貴妃に拝むように手を合わされ、秘書官はさりげなく視線を逸《そ》らした。それでも、転生の準備は進める。

同じ過ちを繰り返しているのは、あのふたりだけではない。ふたりの人間界における両親たちにしても、似たり寄ったりの間違いを重ねている。

「若様の明治の世で両親だった男女、平成でも再び両親に」

伯爵夫妻はそれぞれ転生し、昭和でも巡《めぐ》り逢《あ》って結婚しようとしている。夫となる優良企業を経営する社長と、妻となるフランス人のモデルは、パリのアパルトマンで暮らすつもりだ。

「落ちぶれ士族の息子、当時の両親ともども修行ぞ」

気位ばかり高くて借金を重ねた挙げ句、成金の娘の婿養子に次男坊を差しだそうとした。次男坊の気持ちをいっさい無視して強引に。

もう一度、親子になり、借金苦を背負わなければならない。これを乗り越えられなければ、次の世に持ち越すだけだ。

「……あ、あのふたりは幼馴染《おさななじ》みにしたほうがよろしい。パリのアパルトマンではなく、都内の住宅街……よき洋館があるではないか……」

閻魔大王の息子の転生準備として、両親の住居もパリのアパルトマンから瀟洒《しょうしゃ》な高級住宅街の洋館に変更させた。

「明治の御世《みよ》、裕福な伯爵家も傲慢すぎた。次はどうなるか、両親も修行ぞ……さて、若様、若様、聞こえますね。返事をしてください」

秘書官は手筈《てはず》を整えると、最愛の相手と一緒に空を見つめている閻魔大王の息子に声をかけた。

けれど、美麗な王子は振り向かない。

「若様、逃げても無駄です。転生の時が迫っていますぞ」

秘書官がきつい声音で語りかけると、閻魔大王の息子は背中を向けたまま答えた。声には出さず、脳内に直接。

『うるせぇ、クソ親父の腰巾着《こしぎんちゃく》』

キーン、と秘書官の脳内に鋭い言葉が響き渡る。おそらく、最愛の相手との時間を邪魔されたくないのだろう。

「そのお言葉、若様が乳母に抱かれていた頃から聞いております」

『邪魔するな』

「そばにいるだけで幸せですか?」

秘書官が淡々とした口調で聞くと、閻魔大王の息子はあっさり認めた。

『そうだ』

こいつは俺のもの、絶対に誰にも渡さない、という閻魔の息子の狂気じみた愛情が迸《ほとばし》る。

「……ならば、その気持ちを忘れず、転生してくだされ。そばにいてくれるだけで幸せだと、人の世でも人として言葉にしてお告げください。寝ている時に口付けず、目覚めている時に口付けなされ」

秘書官はありったけの思いを込め、滔々《とうとう》と言葉を連ねた。いつの世も、閻魔大王の息子は愛しすぎて空回っている。自制できない激情に振り回されているのだろう。

『……転生？』

閻魔大王の息子が転生を希望していないことは火を見るより明らかだ。

「若様、覚悟して転生してくだされ。同じ過ちを犯せば、若様は刑を受けなければなりませぬ。いくら御母堂様が庇われても無理でしょう」

次はない、と秘書官のみならず誰もが思っている。閻魔大王にしても立場に関《かか》わるから見逃せない。

『転生しない』

「それはなりませぬ」

『こいつも一緒に転生か？』

「左様でございます。おふたりは同じ過ちを繰り返しています。昭和は……もう、難しゅうございますから平成に誕生し、令和で決着をつけなされ」

愛しい相手とつがいになりたければ性別を変えるしかない。閻魔大王や楊貴妃は今までに何度も注意した。

『俺、女はいやだ』

「存じております」

『こいつを女として誕生させろ』

閻魔大王の息子は愛しい相手の肩口で軽く指を動かす。依然として、己が引く気はいっさいない。

「それはおふたりで話し合ってくださいませ」

『こいつ、女に転生する気がねぇ』

「ならば、若様が女として転生したら如何《いかが》ですか?」

『俺、女はいやだ』

傲岸不遜な若君に女性という選択肢はない。振り出しに戻ったような気がした途端、秘書官は目眩《めまい》を覚える。

「……ああ、もう……今までにこの不毛なやりとりを何度もしましたね」

『こいつが悪い』

己の非をまったく認めない若君は以前のまま。もっと言えば、楊貴妃の腕の中にいた頃のまま。

「若様、これが最後のチャンスでございます。最愛の相手とよく話し合ってから転生してくだされ」

万感の思いを込め、閻魔大王の息子を平成の世に送りだした。

名は白鷺眞弘《しらさぎまひろ》、最愛の相手の名は山崎晴斗《やまざきはると》。

ふたりが同じ過ちを繰り返さないように、祈るのみ。

参考文献

『本能寺の変　生きていた光秀』井上慶雪　祥伝社
『本能寺の変　431年目の真実』明智憲三郎　文芸社
『歴史捜査　明智光秀と織田信長』明智憲三郎　宝島社
『明智光秀転生　逆賊から江戸幕府黒幕へ　改訂版』伊牟田比呂多　海鳥社
『逆説の日本史9　戦国野望編』井沢元彦　小学館
『逆説の日本史10　戦国覇王編』井沢元彦　小学館
『逆説の日本史11　戦国乱世編』井沢元彦　小学館
『真説「日本武将列伝」』井沢元彦　小学館

『閻魔《えんま》の息子《むすこ》』、いかがでしたか？
樹生《きふ》かなめ先生、イラストの奈良千春《ならちはる》先生への、みなさまのお便りをお待ちしております。
樹生かなめ先生のファンレターのあて先
〒112-8001　東京都文京区音羽2-12-21　講談社　文芸第三出版部「樹生かなめ先生」係
奈良千春先生のファンレターのあて先
〒112-8001　東京都文京区音羽2-12-21　講談社　文芸第三出版部「奈良千春先生」係

N.D.C.913　223p　15cm

樹生かなめ（きふ・かなめ）

講談社X文庫

血液型は菱型。星座はオリオン座。
自分でもどうしてこんなに迷うのかわからない、方向音痴ざます。自分でもどうしてこんなに壊すのかわからない、機械音痴ざます。自分でもどうしてこんなに音感がないのかわからない、音痴ざます。自慢にもなりませんが、ほかにもいろいろとございます。でも、しぶとく生きています。
樹生かなめオフィシャルサイト・ROSE13
http://kanamekifu.in.coocan.jp/

white heart

閻魔《えんま》の息子《むすこ》

樹生《きふ》かなめ

●

2021年3月3日　第1刷発行

定価はカバーに表示してあります。

発行者――渡瀬昌彦
発行所――株式会社 講談社
東京都文京区音羽2-12-21 〒112-8001
電話 編集 03-5395-3507
販売 03-5395-5817
業務 03-5395-3615

本文印刷－豊国印刷株式会社
製本――株式会社国宝社
カバー印刷－半七写真印刷工業株式会社
本文データ制作－講談社デジタル製作
デザイン－山口　馨

ISBN978-4-06-522174-7